つわもの長屋
十三人の刺客
新美 健
時代小説文庫

角川春樹事務所

目次

主な登場人物紹介

◉古町長屋の住人

藪木雄太郎　藪木一刀流の元道場主で、隠居の老剣客。
弾七郎　元御先手組にして老役者。居酒屋〈酔七〉の隠居。
吉沢忠吉　町奉行の元同心。十手と捕縛術を得意とする家出隠居。

小幡源六　元幕臣の隠居。古町長屋の家主兼大家。

◉藪木雄太郎の縁者

藪木勘兵衛　藪木道場の道場主。雄太郎の息子。
お琴　雄太郎の情人。

お峰　雄太郎の前妻。深川芸者。
長部浅次郎　お峰の弟で、隆光の父。

◉吉沢忠吉の縁者

朔　忠吉の孫娘。男装の女剣士。
吉沢武造　忠吉の孫息子。
吉沢吉嗣　町奉行の元同心。忠吉の息子。
小春　忠吉の妻。元御庭番衆で柔術の達人。

亀三　　　　吉嗣の下で働く岡っ引き。
藤次郎　　　地本問屋〈瑞鶴堂〉の店主。実は御庭番衆。小春の甥。

◉弾七郎の縁者
お葉　　　　弾七郎の妻。人気戯作者。
洋太　　　　弾七郎の養子。居酒屋〈酔七〉の店主。

◉十三人の刺客
長部隆光　　雄太郎を父の仇と狙う浪人の剣客。
〈志水一家〉
志水中之介　志水一家の棟梁。
右近と左近　双子の狂剣士。
鈴女　　　　唐渡りの剣を使う女刺客
小平　　　　変装の名人で隠し武器と火薬使いの刺客。
安兵衛　　　商人風の毒使いの老人。
愚龍　　　　元力士で巨漢の刺客。
綾女　　　　旅芸人風の女殺し屋。
暁斎　　　　柔術使いの狂雲水。
〈河原の三兄弟〉
蟹の才蔵
うなぎの権兵衛
ハモの多古

第一話　春来る剣鬼

一

藪木雄太郎は、じつに丸くなった。

若いころは、江戸市中に豪剣で知られた剣客のひとりであったが、いまでは本郷の道場を息子の勘兵衛に譲った隠居剣士である。今日も今日とて、船着き場であぐらをかき、呑気に釣り糸を垂れていた。

春の陽射しが心地よく、老人の日向ぼっこにふさわしい陽気である。

神田川にきていた。

右手には、神田の内と外を繋ぐ筋違橋が架かっている。橋は十四間（約二十五メートル）ほどのゆるやかな弧を描き、川の流れに橋脚を洗わせていた。対岸には堅牢な石垣があり、人々の往来が絶えない筋違御門が見えている。

水面に眼を戻せば、齢六十を超えた我が身が映っていた。

「うむ……八貫（約三十キロ）は目方が増えたか……」

六尺（約百八十二センチ）超えの巨軀が、見事なほどに丸々と肥え太ったのである。

白髪の総髪頭は変わらないが、むさ苦しい不精髭の熊面も福々しいほどに膨らんでいる。つぶらといってもよい小さな眼が、まんじゅうのような頰肉に押し上げられ、眠り猫のように細められていた。

首も、肩も、腕も、胸板にも。

まんべんなく贅肉が盛られた。大盤振る舞いだ。胴まわりなどは、肉の腹巻きでもしているようであった。

硬い筋肉の層が埋もれているおかげで、水膨れの醜悪さからは免れている。そのぶん、ぱんぱんに皮膚が張りつめていた。

剣客というよりは、布袋様か相撲取りにしか見えまい。

口の悪い弾七郎などは、

『大熊が大狸に化けやがった！』

と大笑いしたものである。

不覚である。

かつて、ここまで太ったことはなかった。長生きはしてみるものだ。人の世に驚きの種が尽きることはない。

肥大した肉をおさめる着物がなくなり、古着屋でみつくろった縞の浴衣で間に合わせている。さらに相撲取りのごとく人目に映るだろう。刀を差す代わりに一尺の鉄扇を帯に挟んでいた。

こうまで変わり果てたのは、お琴と暮らしはじめたせいであった。

なんと、幸せ太りである。

お琴は、婀娜っぽい中年増で、雄太郎とは干支でふたまわり半は歳の離れた情人である。世話好きで、料理好きの女だ。もとは盛り場の女だけに、好いた男を餓えさせないことが佳い女の証と心得ているふしがあった。

飯もおかずも、有り余る情愛をあらわして、たっぷりと作る。容赦も仮借もなく、食膳に並べ立ててくる。不味ければ拒む口実にもなろうが、これが実に美味いのであった。

雄太郎は、出されたものは平らげてしまう。貧乏剣客の習いとして、食えるときには食っておくものだと身に染みているからだ。

まさに、それが仇となった。

若いころであれば、道場で無心に木刀をふっているだけで、たちまち胃の腑におさめたものは血や肉に変じたであろう。が、魚釣りとお琴との情交だけでは、とても消化できる量ではなかった。

滋養となる甘い蜜も、舐めすぎれば毒に変じよう。

そして、この有り様である。

さすがにお琴も呆れ果て、自分でせっせと肥え太らせたくせに、痩せるまでは戻ってくンなと愛しい男を追い出す始末であった。

かくして、雄太郎は幾日も古町長屋に帰っていなかった。

「よう、雄の字ぃ」

同じ長屋の隣人で、古い友垣の弾七郎が話しかけてきた。

古さびた面長の顔立ちで、眼の下には夜っぴて本読みに耽溺した報いの濃い隈をこびりつかせ、長く尖った顎先が利かん気の本性をあらわにしていた。

雄太郎と比べれば、哀れなほどに矮軀な老人である。継ぎのあてられた着物をだらりと着こなし、戯作者の恋女房からもらったという垢抜けた襟巻きを細いシワ首に巻いていた。

弾七郎も、自分の居酒屋を養子に譲っているから、隠居といえば隠居である。本業は野良の老役者で、いまは芝居の役からあぶれて暇なのか、雄太郎の釣りに付きあってくれているのだ。

とはいえ、弾七郎は釣りをするわけでもなく、読本を片手に船着き場の石段で寝そべっているだけであったが……。

「どうした、弾七？」

「おう、あれ見なよ」

弾七郎が、鋭い顎先をしゃくらせた。

雄太郎も見た。

神田川の上流から、なにかが流れてきている。むしろで巻いた六尺ほどの丸太にも見えた。橋の下をくぐり抜け、荷船や小舟から邪魔そうに避けられながら、悠々と川下りを満喫していた。

「うむ、人のようだな」

「簀巻きだな。はは、鯉に鼻先でつつかれてやがらぁ」

弾七郎の眼が長閑に細められた。

「ありゃ、生きてんのかね？」

「弾七よ、生きているから浮くのだ」

水を呑んで溺死した者は、まず沈む。水底で戯れ、身体に腐敗の泡が溜まったところで、ふたたび浮上して世の人々を騒がせるのだ。

「へっ、ちげえねえ！」

弾七郎は手をたたいて陽気に笑った。

笑いごとではない。

呼吸さえできれば、人は水に沈まないでいられる。四肢をくつろがせ、浮袋となる肺に空気を満たしていれば、自然と身体は浮くのである。

だが、簀巻きにされて、人はくつろげるものだろうか？

ましてや、いつ助けられるかもわからない状況で冷静さを失わず、つねに呼吸を保っていることなど……。

簀巻きとは、私刑と遺体の投棄を兼ねたものである。川へ投げ込む前に、むしろと縄ひもで息もできないほどに締め上げているはずだ。

生きていれば、よほどの胆力である。

「雄の字ぃ、なんとかしてくんな。おりゃあ、蓑虫が好きなんだよ。蛾になっちまうと、ちいと苦手だけどよぅ。でも、蓑虫は可愛いじゃねえか。なあ、助けてやってくれよぅ」

頭からしっぽまで、よくわからない言い草だった。

では、おまえが川へ飛び込め、とは雄太郎も口にしない。

「うむ……」

雄太郎はうなずいた。

人の大きさの蓑虫は、老人たちの前を流れすぎようとしていた。頭が川下にむき、総髪がむしろの端(はし)からはみ出ている。

男だ。浪人であろう。

手を伸ばして届くほど近くではないが、春とはいえまだまだ川の水は冷たく、老剣客にも飛び込む気はさらさらなかった。

雄太郎は、手にしている竹竿(たけざお)をふり上げた。魚に盗み食いされたのか、水中から抜けた釣り針には、とっくに餌(えさ)などついていなかった。

軽くふった。

竿先が鳴り、ふわり、と糸が宙を泳ぐ。

竿と糸の長さで、簀巻きの浪人に届いたようだ。くんっ、と雄太郎が太い手首をひねると、釣り針はむしろに引っかかってくれた。

大物を釣るための道具ではない。竿も糸も細い。人の重さがかかれば、たやすく切れてしまうだろう。雄太郎の手首が繊細に動き、絶妙に竿をしならせることで、細い糸を切らせなかった。

巧みに誘導して、船着き場へと引き寄せていく。

「弾七よ、揚げてくれ」

「よしきた！」

弾七郎は、読本を懐にしまうと、意気込んで立ち上がった。足元のたも網を手にとるや、おらよっ、と釣った魚をすくうように総髪頭へかぶせた。

雄太郎は苦笑した。非力な友垣を手伝って、簀巻き浪人を船着き場へ引き揚げた。

「おお……生き返る……」

浪人は、うめき声を漏らした。

石榴口の仕切りに阻まれて、もうもうと湯気が立ちこめている。

薄暗い湯船の中であった。

助けた浪人から、たっぷりと水を吸ったむしろを剥がすと、着物すら奪われた褌一枚であった。長く川の水に浸かって身体が冷えきっていたため、手近の湯屋へと運び込むことにしたのだ。

浪人と弾七郎は、気持ちよさそうに肩まで浸かっていたが、雄太郎だけは湯船の縁（へり）に腰かけて、足だけで湯の熱さを楽しんでいた。ひとりならばともかく、いまの雄太郎が入れば、せっかくの湯水があふれてしまう。

人心地ついたところで、

「私は長部隆光（おさべたかみつ）と申すしがない浪人です。どなたかは存じませぬが、まことにかたじけない。これが真冬であれば、凍え死にしているところでした」

長部隆光と名乗った浪人は深々と頭（こうべ）を垂れた。

簀巻きの中身は、涼やかな風貌（ふうぼう）の若者であった。眉（まゆ）はきりりと太く、精悍（せいかん）で、男臭く整った顔立ちである。

歳は二十四か五。雄太郎の息子と同じくらいか。

身の丈は、五尺八寸（約百七十六センチ）といったところだ。すらりと細身で、雄太郎ほど筋骨には恵まれていないが、よく引き締まった俊敏そうな体軀（たいく）をしている。指先まで見事に鍛えられ、拳（こぶし）を握れば岩でも砕けそうな手をしていた。

一流の剣客なのであろう。

死地から生還したばかりというのに、どっしりと肝の据わった物腰で、光の強い真っすぐな眼差しをしていた。

「こいつあ、ご丁寧に。おりゃあ、弾七郎。こっちの丸いのは雄の字だ。見ての通り、気楽な隠居さね。まあ、せっかく湯を楽しんでンのに、堅苦しい名乗りは勘弁してくんな」

「これは不調法をば。なにぶん、西国生れの田舎者にて、昨夜、ようやく江戸へ着いたばかりでして……」

長部は、肥後の国の産らしい。

わけあって郷里を離れることになり、途中で立ち寄った大坂で旅の路銀を稼いでから中山道をひたすら歩いてきたという。

だが、江戸が近づくにつれて、妙に気が逸ってしまった。板橋宿で足が止まらず、陽が暮れたところで街道からも外れてしまい、どこをどう迷ったのか牛込あたりの一膳飯屋で腹を満たすことにした。

そこへ、これは田舎者のカモだ、と見抜いた破落戸が寄ってきて、酒を飲み慣れていなかった長部浪人は酔い潰され、刀と有金を盗まれたあげくに川へ投げ込まれたのだという。

雄太郎は眼を見張った。

この話が正しいとすれば、相当な川下りを簀巻きで耐え抜いたことになる。感心するべきか、呆れてよいのか、短慮と向こう見ずが身上の弾七郎でさえ、判断に困じているようであった。

剣の腕はよくても、世間に対しては初心なのだろう。

悪党を憎むようではなかったが、若者は眉間に眉を寄せてうめいた。

「金はともかく、あの刀だけは、なんとしてでも……」

「銘刀なのかね」

雄太郎が、そう訊いた。

「いえ、父の形見なのです」

「よし！」

ぱんっ、と弾七郎が両の手のひらを打ち合わせた。

「おう、おうおうおう！　あんた、たしか隆光さんとかいったな？　うん、いいやがったな、こん畜生！」

「こん畜生？」

傍若無人な言い草に、胆太の浪人も面食らったようだ。

「おう、隆坊と呼ばせてもらうぜ」

「た、隆坊？」

「それがいやなら、おみっちゃんだ。どっちがいいんだ？　ええ？」

「では、隆坊で……」

長部も困惑の体である。

「よーし、隆坊。話は聞いた。事情はわかった。わかったからには黙っていられねえ。おれが金と刀をとりかえしてやる」

「はあ……」

「おう、なにぐずぐずしてやがんだ！　とっとと湯船を出やがれぃ！　番台の親爺に着るもん借りてきてやっから、すぐに出かけるぜ！」

弾七郎の矮軀が、威勢よく湯船から飛び出した。湯くみ番からもらった上がり湯をざっぷんと乱暴に浴び、手ぬぐいでぱんぱんと裸の老体をはたきながら、がに股でずんずん脱衣所へむかっていく。

「だ、弾七殿、お待ちくだされ」

長部浪人もあわてて湯船を出ると、雄太郎に軽く頭を下げてから、面食らった顔のまま弾七郎を追っていった。

（弾七め、釣りの相手に飽きたのだな）

ともあれ、雄太郎は、これで湯船を独占できることになった。

足だけでなく、巨軀を沈める。ざばざばと湯があふれる。

毛穴という毛穴がゆるみ、ぬくもりが沁みてくる。あまりの心地よさに声が漏れそうになった。肥えてみてわかったが、贅肉は血の流れが薄いのか、ひどく皮膚を冷えさせるのだ。

血の巡りがよくなったせいか、

「んん？」

雄太郎は、脂の乗りきった太い首をかしげた。

「……長部……はて？」

あの若い浪人の顔を、どこかで見たような気がしたのである。

二

「吉沢のご隠居さま、どう思われます？」

「どうって、なあ……」

神田の古町長屋で、隠居老人の吉沢忠吉はげんなりしていた。隣人のお琴につかまって、長々と話し相手をさせられているのだ。

「そりゃ、あたしは雄さんが好きですよ。歳は離れていても、お慕いしておりますともさ。でなきゃ、こんな長屋でいっしょに住むはずないじゃありませんか。でもね、あたしの作ったものを食べてるだけで、あんなに太るとは思いませんでしたよ。そうですとも。あたしゃ、騙されたようなもんですよ。ええ、だから、痩せるまで戻ってくんなって追い出してやりましたのさ」

お琴は頬を上気させてまくしたてる。

昔は浅草の水茶屋で働いていたというが、歳は二十の半ばとも三十の坂を越えたとも見える。気まぐれな猫めいた風情の美女だ。江戸の女らしく、気性はさっぱりしているが、豊かな腰つきは年増の濃厚な色香を滴らせていた。

（さて、困ったものよ）

忠吉には、答えようがなかった。

傍目には小粋なご隠居町人にしか見えまいが、忠吉は町奉行所の元同心であった。齢六十を数えて、長男の吉嗣に家督を譲った。同心屋敷を出て、念願の長屋暮らしをはじめていた。

昨年の秋のことだ。

昔、わけあって離縁した小春と復縁し、また同心屋敷で長男の家族と同居することにはなったものの、女房と顔を合わせるたびに生傷が絶えず、這う這うの体で長屋へ舞い戻っていたのである。

なんてことはない。ただの家出老人である。

そして、老人は話し相手をほしがるものだ。忠吉にしても、ときには一人暮らしが寂しくなる。ましてや、お琴のような美女となれば、同じ部屋で息をしているだけでも若返ろうというものであった。

だが、お琴は、友垣の情人なのである。

友垣の名は、藪木雄太郎。

息子に道場を譲ってから、忠吉の隣部屋に住んでいるが、若いお琴とよい仲になって、長屋にまで押しかけられてしまったのだ。

(雄さんも年甲斐のないことさ)

とはいえ、他人の恋路である。

忠吉としては、てめえの女房との折り合いすらしくじっているのに、どうして人のことまで差配できるというのか……。

(いや、そういうことではないな)

お琴は、まだ憤然とまくしたてていた。

「吉沢のご隠居さま、ちゃんと聞いてます？　あたしゃね、雄さんが元気であればいいんですよ。でもね、剣客ともあろう人が、あのだらしない肥えっぷりじゃ、あんまりにも情けなくて情けなくて、ええ、もう見てられないじゃありませんか？　そうでしょ？」

ならば、食わせなければよいだろうに……。

忠吉は、そう思う。

本来は愚痴など好まず、男勝りなほどさっぱりとした気性の女である。が、しゃべることによって、ますます感情が昂（たか）ぶってしまい、なかなか止まらなくなっているようだった。

忠吉は、すでに話を聞いていなかった。

手は使わずに耳を塞（ふさ）ぐ。老人の特技である。言葉の意味にふりまわされず、表情の動きを眺めたほうが、正直な人の心が読めるものだ。

（ふむ、つまるところ）

お琴は、心細いのだ。

雄太郎との先行きについてである。

女として、しなくてもよい苦労もしてきたのだろう。ただの情婦で終わるのか、それとも女房にしてくれるのか、ひどく気を揉んでいる。

その不安と情の深さが混交して、度をわきまえぬ飯の量になってしまった。

(おそらく、そういうことなのだろう)

雄太郎は、女房を病で亡くしていた。

だから、雄太郎が祝言を挙げてくれないのは、亡くした女房に想いが残っているのか、あるいは年老いた身を考慮してのことか、それとも明日の命をも知れない剣客の業だからなのか……。

お琴には、わからないのだ。

雄太郎は剣客である。強さがすべてであった。

勝てば生きる。負ければ死ぬ。どちらでもよい。生きているあいだは、ひたすら強さを求めればよい。生も死も、たいして差はなかった。剣より他の道は捨てて生きてきた。よくも悪くも、そういう道しか知らない。

剣術狂いのじじいだ。

そういう生き物だ、と思うしかないのだ。

ましてや、女の正しさと男の正しさはちがう。ちょっとだが、ずいぶんとちがう。

「なあ、お琴さん……」

忠吉が、無駄を承知で口を開いたときであった。

「くせものじゃ！」

剣呑な雄叫びとともに、槍の先が漆喰の壁をずぶりと貫いてきた。

裏手の部屋に住む荒木岩左という老浪人の仕業である。槍術が得意らしく、ときどき井戸のそばで物干し竿をふりまわしている姿を忠吉も見かけていた。

趣味の講談通いが高じて、夢と現世との区別があいまいになってしまったらしく、なんと、自分を石田三成の重臣にして、関ヶ原の戦で華々しく討ち死にした島左近だと信じ切っているのだ。

この狼藉に、お琴が激昂した猫のように眼を吊り上げた。

「なにすんだい！　この暴れじじい！」

壁を突き破った槍先に脅えるほど気弱な女ではない。説教でもしにいくつもりなのか、着物の袖をまくって部屋を飛び出していった。

忠吉は呆れつつも、

「それにしても、暴れじじいとはよく言ったものだ。雄さんだって、暴れることにかけてはひけをとるまいに……」

と妙に感心した。

暴れじじいといえば、雄太郎と同じくらい、忠吉にとっては古い友垣である弾七郎もそうだ。弾七郎も同じ長屋の住人である。矮躯で、腕っ節はからきし弱いのに、やたら喧嘩っ早い老役者であった。

さらに、世には暴ればばあというものもあって……。

やがて、お琴の怒鳴り込む音が聞こえてきた。

「いい歳して、槍なんかふりまわしてんじゃないよ！」

「くせもの！　出会え！　出会え！」

なおも岩左は叫びつづけている。

気が強いとはいえ、お琴は女である。相手は武器を持っている。いざとなれば、忠吉が止めに入らなければなるまい。愛用の喧嘩煙管を帯に挟み、忠吉も外に出て裏手へとまわった。

すでに、長屋の店子がぞろぞろと物見高く集まっている。

「おうおう、若い女は元気がよいわい」

「うむ、見ているだけでも若返るようだ」

「ああ、わしんとこにも怒鳴り込んでくれんものか……」

「けっ、やらしいじじいどもだね。そりゃ、お琴さんも綺麗だけどさ、あたしの若いころのほうがもっと——」

「いやいやいや！」

「南無南無……！」

　忠吉が若造に見えるほどの爺と婆ばかりであった。

　今年も冬の寒さを生き延びたことを喜び、春のぬくもりに誘われて地中から這い出てきた虫の群れにも似ていなくはない。

　産婆、老学者、老浪人、老医者、老坊主、老禰宜となんでもござれだ。長屋の中だけで、出産から葬儀までの面倒を見てもらえそうであった。

　生きながら、忠吉は黄泉路の風を感じる。

　その昔、古町長屋は、〈小町〉長屋と呼ばれていたらしい。器量よしの娘が多かったのだろう。時代とともに、老人ばかりが集まるところとなって、いつしか〈古町〉長屋になったという。

　さらに遡れば、武家屋敷であったところなのだ。まわりに対して、少しばかり高みにある。地主は鷹揚な殿様であったのか、自分は屋敷を移ったのち、跡地を町人のために解放したということだ。

大家は裕福な町人で、武家との古い繋がりもあるらしい。もっと素性のよい店子を選んでもよかろうに、なぜ裏部屋の老浪人をはじめとする怪しげな者ばかりを入れているのか不思議であった。

（ふむ？）

忠吉は、ふときな臭い顔をした。

元同心の勘が働いたのだ。

長屋のまわりに妙な気配がまとわりついている。何者かに見張られでもしているように、ねっとりと糸を引く視線が、優しい春のそよ風に乗って、ざらりと頬を舐めてくるような……。

「お琴さん、すまないが、ちょいと用を思い出した」

聞こえないように、わざと小声で言い残し、忠吉はそっと長屋を抜け出した。

三

陽が暮れた。夜になった。

弾七郎は、居酒屋〈酔七〉で酒を呑んでいた。

長部浪人が床几の隣に腰かけている。湯屋で借りた浴衣ではなく、こざっぱりした着流し姿になっていた。

「いやあまったくよう、親父の形見をとり返せてよかったじゃねえか」

「重ね重ね、かたじけない」

長部は、あらためて頭を下げてきた。

その腰には、「なんとしてでも……」と思い詰めていた刀を差している。銘がなく、拵えも素朴ながら、かなり斬れそうな業物であった。

「なあに、いいってことよ！」

弾七郎は機嫌よくそっくり返り、蕎麦猪口に満たした焼酎を口へ放った。飛び込みそこねた酒は、長い顎先を伝って土床へと落ちていく。

湯屋を出て、悪党どもに出くわしたところまで若い浪人に案内させた。そのあと、近くの寺社で宮芝居をしている旧知の座頭と面会して、近くの賭場をいくつか紹介してもらったのだ。

町方役人の手がおよばない寺社の境内では、たびたび賭場が開かれる。破落戸が小銭を手にすれば、酒か女か博打と相場が決まっていた。

ふたつめの賭場で、長部が悪党どもを見つけた。二人組であった。外に出てきたところを捕まえて、首尾よく金と刀をとり戻した。

　運がよいのか悪いのか、賭場では勝ったり負けたりで収支の天秤がとれていたらしく、奪われた金もほとんど減っていなかった。存分に叩きのめしてから、破落戸は放免してやったのだ。

「おう、洋太！　どんどん酒持ってこいや。食いもんも忘れんじゃねえぞ」

「へーい」

　店主の洋太は、間延びした返事をした。

　今宵の酒は、格別に美味かった。

　弾七郎は、なんとなく、この若い浪人が気に入っていた。だからこそ、たかる酒が美味い。これも芸と器量のうちだ。

　ムシの好かない相手におごられるくらいなら、借銭してでも自腹で呑む。むしろ、おごってやって、憂さ晴らしに夜を徹して説教をかましてやる。

　劫を経た酒飲みとは、それほど面倒臭いものである。

　故無く恵んでもらった酒は、なぜかみじめな味がするものだ。お大尽におごらせるのもしみったれだ。しかし、このたびは人助けの礼である。誰にはばかることなくたかれるというものだ。

それに、長部の懐は浪人としてはにぎわっているようだった。ならば、よけいな斟酌はいらないだろう。

「ここは、よい居酒屋だと思いますが、この酒は、なんというか……頭の後ろにずんと酔いがくるような……」

長部は、しきりに頭をふっていた。

にや、と弾七郎は笑った。

「おうよ、〈酔七〉自慢の混ぜ酒だからな」

問屋が加水した酒を、さらに店で水割りにしてから、薩摩産の強い焼酎を加えて酒精を補った自慢の混ぜ酒である。その比率は門外不出であった。というより、店主の洋太しか知らないのだ。

「そういや、酒は得手じゃなかったんだな。なら、どんどん食いな。この居酒屋は、おれがやらせてんだ。遠慮はいらねえぜ」

ただし、いまは小皿に盛った煎り豆があるだけであった。

なあに、じきに食いでのあるものがやってくるさ……。

「弾七殿は、居酒屋の主でしたか」

長部は、生真面目に感心していた。

「隠居だがな。いまの店主は洋太ってんだが、昔世話した小僧で、おれの養子さ。おれは隠居して、養子に見世(みせ)は譲ったってわけだ。おりゃ、役者よ。うん、ずいぶん役者だな。昔っから役者やってんだ」

酔ってきたせいか、弾七郎の口上は麻糸がもつれるように乱れていた。

「ほう、役者……」

そうつぶやきながら、長部の眼が、店の奥へむけられた。さきほどから気になっていたのであろう。汚れでくすんだ漆喰の壁に、朱鞘(しゅざや)の刀がぞんざいにたてかけてあった。

「では、あれも？」

「芝居の小道具よ」

へへん、と弾七郎は反り返った。

(どぉれ、芸人の技を披露してやろうか)

そう思ったのだ。

弾七郎は、ふらりと立ち上がった。朱鞘を手にとって、そのまま帯に差し込むと、長部にむきなおった。

なにを感じたのか、すぅ、と長部は眼を細めた。

「隆坊、眼ぇひん剝いて、よぉく見てろよ」

弾七郎は、わずかに腰を落とし、
しゅっ！

刀身が鞘から引き抜かれた。芝居で熟練した居合の技である。

「おおっ」

長部も驚嘆の声を発した。

ただの竹光だとでも思っていたであろう。が、鞘から抜かれた竹製の茎には、色とりどりの小花がいくつも連なって咲いていたのだ。

「おっ、珍しく上手くいきやがった」

弾七郎もご満悦である。

「このあいだ思いついて、狂言かなんかで使おうとこしらえてみたんだが、これが滅多に小花が開いてくんなくてな。なにしろ紙細工だ。鞘ン中で潰れて、ぱっと咲いてくれねえんだよ」

得々と説明しながら、弾七郎は若い浪人を横目でうかがっていた。

刀は武士の魂である。

竹光ならばまだしも、こんな細工物は武士の魂を愚弄している、と堅物の武人であれば怒り出しても不思議ではなかったが――。

長部は、真剣な眼差しで紙細工の花を見つめていた。

「なるほど……世には、このような刀も……このような花もあるということか……」

などと、切なげにつぶやいている。

かえって、弾七郎のほうが怯んだ。

苦笑するか、激昂するか、どちらか一択のはずだった。それに対する落としどころも、ちゃんと用意してあったのだ。

まさか、真っ正面から受け止められるとは思っていなかった。

これは真面目すぎる。野暮天である。

(こいつぁ、なんとも付き合いづらそうな御仁じゃねえか。忠吉っつぁんの息子や孫にちょいと似て……いや、あちらは同心の御一家だ。堅苦しいのはしかたねえ。いやしかし、それにしてもよぅ……)

弾七郎は、溜め息をついた。紙細工の花をちまちまと折り畳み、竹の茎を朱鞘に戻すと、白けた気分でちょこんと床几に座り直した。

そのとき、店主の洋太が食い物を運んできた。

「へい、お待ち」

握り飯に醬油を塗って軽くあぶり、甘辛い味噌を塗ったものだ。醬油の焦げた匂いが香ばしい。料理というほどのものではないが、これが存外に美味いのだ。

だが、

「洋太よぅ、醬油は醬油、味噌は味噌でいいじゃねえかよ」

と弾七郎は舌打ちした。

洋太は、なにを七面倒な、という眼で見下ろしてきた。ひょろりとした長身で、三十半ばほどの優男である。

「そうですかい？　親父さん、どっちも使ったほうが贅沢じゃねえですか。気に入らなきゃ、そちらの旦那に食ってもらってください」

「あのね、おまえね、馬鹿だな。てめえは馬鹿野郎だ。おりゃ、いま酒を呑みながら飯を食う気にはなれねえんだよ。豆腐はねえのか？　焼くんだったら、豆腐を焼け。生意気に飯焼くんじゃねえ」

立派な難癖である。

しかし、洋太もあしらいには慣れている。

「すみません、親父さん。豆腐は切らしてまさあ。ここんとこ忙しくて、買い付けに出る暇がなかったんですよ」

「んだと？　洋太ぁ、こら？　上等じゃねえか！　おう、そっちがそういうつもりだってんなら、こっちも文金高島田をやる覚悟あんぞ！」

「親父さん、もう歳だから、女形はやめたっつったじゃねえですか！」

「るせえ！　役者ってなぁ、客に求められりゃ、なんだってやんだよ！」

なにを吠(ほ)えているのか自分でもわからない。

常連客も慣れたもので、酒とつまみを避難させて、いつふたりが暴れてもいいように見世の真ん中をひろく空けていた。それればかりか、弾七郎と洋太に両脇から竹光を手渡す段取りのよさである。

毎度お馴染(なじみ)の茶番だ。

「おう、洋太、不服そうだな？　お、抜くか？　抜くか？　やんのか？　尻(しり)の穴に棒突っ込んで、かんかん踊させせっぞ！」

隠居と養子が、居合の構えでむきあったとき——。

「ふ、ふふっ……」

長部が、妙な笑い声を漏らした。

「なんですか、浪人の旦那？」

洋太は怪訝(けげん)な顔でそう訊(き)いた。

「ふっ、親子とは……いや、血の繫がりがないとはいえ、うむ、親子とは、そういうこともできるのだな……と、思ってな」

一杯しか呑んでいないはずだが、長部浪人はすっかり酔っている。が、けして茶化しているわけではない、妙な真剣味が伝わってきた。

弾七郎と洋太は、困惑して顔を見合わせた。

「親父さん……」

「……だな……」

暴れる気を削がれてしまい、弾七郎は床几に座り直した。

洋太も竹光を片づけて奥へ引っ込んでいく。

「なんだ、もうおしめえかい？」

「弾さん、これからじゃねえかよ」

ヤジが飛んできた。

「るせえ！　てめえら、とっとと帰りやがれ！」

常連客も、その一言で里心がついたのか、ぞろぞろと勘定を払って帰っていった。

（この浪人は、どうにもやり辛え……！）

適当なところで、今夜は切り上げよう。弾七郎はそう決めた。どうせ、この妙な浪人ともはや会うこともあるまい。これでも江戸はひろいのだ。

「ああ、隆坊よぅ、そういや、まだ訊いてなかったな。あんた、なんでわざわざ江戸くんだりまできたんだ？」

「うむ、人捜しに……」

長部は、腹が減っていたのか、焼いた握り飯を大口で頬張った。美味い、と鼻息を漏らしてうなっている。

洋太が得意げな顔をしたが、弾七郎は毅然と黙殺した。

「へえ、どんな人を捜してんだ？」

見つけるのが難しそうであれば、友垣の忠吉を紹介してやるつもりだった。元同心だけに、うってつけであろう。忠吉も同心屋敷から飛び出して、古町長屋で暇を持て余しているはずだ。

だが、歯ぎしりとともに、長部はつぶやいた。

「父の仇……」

そりゃ、物騒な話だ、と弾七郎は眼を輝かせる。こうなると、忠吉に任すのはもったいない。どうせ役にあぶれて暇な身である。景気付けとして、蕎麦猪口の焼酎を一口で呑みほした。

「仇ン名は?」

「……藪木雄太郎……」

弾七郎は、口に含んだ酒を噴きそうになった。

洋太も眼を剝いている。気を利かせて、外の縄のれんを外して見世を閉めた。こんなことは余人に聞かせられまい。

「ずいぶん昔のことですが……私の父は、江戸でも指折りの剣客でした。まあ、父はそう申しておりました。その腕を見込まれて、大名家に仕官が決まった矢先……藪木雄太郎という浪人に片腕を斬られ、江戸を去ることになったと……」

「んで、どんな成り行きで、そんなことに?」

弾七郎は探りを入れてみた。

長部は、かぶりをふった。壁に背中でもたれ、手のひらで目元を覆っている。暴れる酒精と戦っているのだ。

「じつのところ、私も詳しくは聞かされていません。しかし、藪木雄太郎によって、父が剣士の栄達を潰されたことはまことだと。ならば、子としては、亡き父の無念を晴らさなくては……」

「そ、そうかい……」

「なんでも、本郷に藪木雄太郎の道場があるとか。まずはそれを捜してみようと思っています。弾七殿は、ご存知ありませんか？」

「いや……やっとうの道にゃ疎くて……」

「そうですか。ああ、弾七殿といっしょに私を助けてくださった雄の字殿も剣客ではありませんか？　身体は肥えているものの、なかなかの腕だと見受けました。同じところにいけば、またお会いできますかな？」

「い、いやあ、どうかな？」

弾七郎の背中に冷や汗が噴いていた。

「ありゃ、おめえ、ただの呑み仲間なんでね。まったく、落ち着きのない男で、ちょいちょい釣り場は変えてるはずさ」

「そうですか……」

長部は、気落ちしてうなずいた。

雄太郎と剣先を交えて、どちらが勝つのか、弾七郎には見当もつかなかった。戦えば、片方が死ぬかもしれない。剣客とはそういうものなのだろう。そういう覚悟で生きているのだろう。

役者には、わからない世界であった。

「よぅし！　せっかくの縁だ。おう、その藪木雄太郎って剣術屋を、おれもいっしょに捜してやるよ」

長部は、酔って朦朧(もうろう)とした眼を見開いた。

「よいのですか？」

「役者に二言はねえ」

「まことに、かたじけない……」

長部は丁寧に頭を垂れた。

「いいってことよ！」

弾七郎は、ここぞとばかりにふんぞり返る。

隠居の暇潰しどころではなくなってしまったが、長部と雄太郎を会わせるわけにはいかないのだ。

「そうと決まりゃ、もう一軒いこうや。な？　なあ？」

「は、はあ……」

世間知らずの浪人を連れて、江戸の夜を漂うことに決めた。ここにいれば、うっかり雄太郎が顔を出すかもしれない。

弾七郎は、ちろりと薄い唇を舐めた。

本腰を据えて、酒をたかる気になっていたのだ。

四

本郷の藪木一刀流道場で、華やかな気合いが弾けていた。

「そらそら、どうした！」

「いや！　やあ！」

「踏み込みが甘い！　もっとぶつかってこい！」

凛々しい美貌の女剣士が、同門の少年に稽古をつけているのだ。

女剣士は朔という。八丁堀同心の娘である。

道場主の藪木勘兵衛は、巌のような巨軀をどっしりと板間に据え、瑞々しく躍動する女剣士の肢体を食い入るように見つめていた。

藪木道場では、昨年から稽古の方針を改めている。竹刀は使っても無粋な防具などはつけさせなかった。

上気する頬も、飛び散る汗も、艶っぽく乱れる髪も、激しく起伏する胸元も、すべてを堪能できる。さすがに稽古中は息苦しいのか、朔は胸の膨らみを押さえるさらしは外しているようだった。軽やかな足さばき。ゆれる袴。ときおり覗くふくらはぎの白さが眼に眩く……。

そんな道場主を、他の門下生は見て見ぬふりをしていた。

勘兵衛は、朔に惚れていた。

入門を乞われたときから、ひと目で惚れていた。理屈ではない。考えるまでもなく、自然と心で知れたことであった。

父の藪木雄太郎に、忠吉という元同心の友垣がいる。朔は、その孫娘であった。

朔は、もう十八である。

勘兵衛は、まだ二十代の半ばであった。

道場主としては若く、余所でも侮られないように、豪傑髭で顔をむさ苦しくし、頭も荒っぽく束ねた総髪にしている。外見をとりつくろうあたり、剣客として未熟の証だといえなくもない。

腕は一流。

心胆は二流。

男ぶりは三流半。

それが、父からの手厳しい評価であった。

父に剣術を商売とする才覚はなかったが、勘兵衛は巧みな接待稽古によって門下生を増やすことに成功していた。

ところが、一年前のこと。

勘兵衛は、ある道場破りに叩きのめされた。

そして、父に剣の腕を鍛え直されたことがきっかけで、道場の稽古も厳しくなり、惰弱な門下生は逃げ去っていった。

実入りは寂しくなったものの、贅沢さえ求めなければ、暮らしはなんとかなった。

なにより、朔が道場に残ってくれたことが、勘兵衛には嬉しかった。

剣術と暮らしが両立したことで、余力はすべて修練に注ぎ込んだ。勘兵衛の剣は格段に鋭さを増し、もはや道場破りに不覚をとることはない。

それとはべつに、切迫した悩みが残っていた。

(ついに……いよいよ……)

勘兵衛は、決闘を控えた剣士のごとく心をふるわせた。

つい先日のことである。

朔には、武造という弟がいる。勘兵衛は、武造を連れ出して助言を求めていた。朔への贈り物を選ぶためであった。

『姉上ならば、よく斬れる脇差のほうを喜びそうですが』

と武造は分別臭い顔で忠告したが、恋を患った勘兵衛の耳には届かず、あれこれ迷った揚げ句にかんざしを買うに至ったのだ。

（稽古ののち、朔殿にこれを手渡すべし）

勘兵衛はそう決意していた。

稽古も休息に入ろうとしたころ――。

「お頼み申す。私は長部隆光と申す浪人。道場主の藪木雄太郎殿はおられまいか」

見知らぬ浪人が、道場の玄関口にあらわれた。

大声ではなかったが、道場の隅々にまでよく通る声である。

「こんなときに……」

夢想の邪魔をされて、勘兵衛は舌打ちした。

稽古の手を休めないように門下生たちへ指示してから、勘兵衛はのっそりと立ち上がって来訪者に応対した。

「道場主の藪木勘兵衛だ。藪木雄太郎は父で、いまは隠居しておる」

「隠居と？　まさか、剣を捨てられたのか？」

長部と名乗った浪人は、愕然として顔をゆがませた。

背丈が高く、引き締まった体軀である。精悍な男臭い顔つき。総髪に乱れはなく、身なりは質素ながら、こざっぱりと清潔そうであった。

わけもなく、勘兵衛は敵愾心をくすぐられた。

「いや、父は道場を捨て、孤剣の道を選ばれた。ひとりで長屋住まいをして、ちかごろは当道場にも寄りつかぬ有り様だ」

噂では、父はあられもないほど肥え太ったと聞いている。剣客として、恥ずかしくて姿を見せられないのであろう。もし道場にやってくれば、ここぞとばかりに勘兵衛も勝負を挑んでいたところだ。

「さようでしたか。ならば、住まいを教えてもらえまいか」

「それは……」

教えてよいものか、勘兵衛はためらった。

この浪人に不作法なところはなく、どちらかといえば茫洋とした顔つきであったが、父の旧知にしてはあまりにも若すぎる。歳は勘兵衛と同じくらいか。しかし、腕はかなり立つと見た。

「先生、道場破りですか？」

背後から、朔が弾んだ声をかけてきた。

来訪者が気にかかり、稽古を止めてきたのであろう。

「朔殿、こちらは父への客人のようです」

勘兵衛がそう話すと、長部はあわてて否定した。

「いや、私は客人というほどの者では……雄太郎殿と面識がありませぬ。ただし、私の父が……旧知……といってよいものかどうか……」

長部は言いにくそうに口ごもった。

「大先生に遺恨でも？」

朔は、期待に満ちた眼でそう訊いた。

太平の世に、わざわざ乱を求める娘である。

長部は曖昧にうなずく。

「まあ、そんなところですか」

遺恨を認めたわりには、どこか煮え切らない。道着姿の朔を女だと気づいて、浪人は戸惑った顔をしている。

そこで、朔がとんでもない提案をした。

「では、ひとつ道場破りでもいかがか？」

さすがの長部も眼を剥く。

上がってお茶でもどうかと誘っているわけではあるまいに。

勘兵衛は、朔をたしなめた。

「我が道場は、他流試合をお断りしている。それに、遺恨があるとなれば、なおさら父の居場所を教えるわけにはいかん」

勘兵衛に反対されたことで、朔は形のよい眉を悩ましげに寄せた。勘兵衛は息を呑む。ちくしょうめ、なんとも可憐ではないか……。

「でも、長部殿は、ずいぶんお強いのでしょう？　ここで帰すのは、あまりにもったいない。できれば、私とひとつお手合わせを」

「いえ、そんな、私など……」

長部の腰はひけ、はやくも辞去したいそぶりを見せた。

「まあ、そこをなんとか」

朔は執拗に食い下がった。

女剣士の眼は輝き、唇に獰猛な微笑が刻まれる。少年剣士の指導をしているだけでは物足りなかったのであろう。格好の相手を前にして、いまにも舌なめずりをしそうであった。

勘兵衛の頭に血が昇った。

「ならば……朔殿より先に、おれが手合わせしよう」

「先生、それはずるい！」

「道場主として命じる。朔殿はお下がりを。大事な門下生を預かる者として、ここはおれがやらねばならんことだ」

「しかし、それはあまりにも……」

朔は不満に口を尖らせ、浪人は迷惑顔を濃くした。

「しからば、私は、これにて失礼させて――」

「長部殿、ひと勝負していただこう。でなければ、藪木道場の体面にかけて、このま帰すわけにはいかぬ。いや、なに……」

勘兵衛は、にやりと笑った。

「おれに勝てば、父の居場所を教えよう。――いかがか？」

その提案に、長部も眼を光らせた。

「二言はないのですな？」

「ない」

「では、やりましょうか」

長部は道場の床板に上がった。

竹刀ではなく、木刀を使うことにした。竹刀稽古に慣れた者ならば、これだけで怯むはずだが、長部は腰の刀を鞘ごと抜いて門弟に預けると、勘兵衛から受けとった木刀を軽くふって重心をたしかめた。

荒稽古には慣れているようだった。

門下生たちも、稽古をやめて見学にまわっている。誰一人として、勘兵衛が勝つであろうことを疑ってはいない。

(勝った勢いに乗じ、朔殿に贈り物をすべし)

勘兵衛に闘志がみなぎった。

互いに一礼を交わし、木刀の切っ先をむけあった。

「むう」

対峙して、勘兵衛は低くうなった。

(木刀を握ったとたん、まるで別人のように……)

どこか茫洋とした浪人の顔に凄惨な気が満ちていたのだ。

剣鬼の顔である。

長部は、勘兵衛へのお付き合いのような正眼から、木刀の重みに従って切っ先を落とし、だらりとした下段に移っていく。構えに力みはなく、左手もほとんど添えているだけであった。

流派はわからない。が、我流の雑味はない。厳しい修練の果て、ある剣の境地に達した者の風格さえ備えているようであった。

長部を甘く見ていたわけではなかった。しかし、朔を意識しすぎて、よけいな気負いがあったことは否(いな)めない。即座に邪念を消し、気組みを充溢(じゅういつ)させた。勘兵衛も非凡な剣客なのである。

腕は互角だ。

ならば、勝る体格で圧することもできよう。

勘兵衛は構えを大きくしかけた。

そのとき、長部の木刀が跳ね上がった。

速い。

とっさに勘兵衛は下がった。

長部も本気で当てるつもりはなかったらしい。木刀をふり切ることはなく、ぴたりと正眼に戻した。勘兵衛の動きを探りたかったのだろう。いや、もっと気安く、軽い挨拶(あいさつ)といったところか。

対峙したまま、ふたりは静止した。

「これが藪木一刀流か。さすが、強い……さすが、藪木雄太郎の息子……」

長部が、父の名を口にしたとき、眼に陰惨な光があった。

（親父め、なにをしでかした！）

勘兵衛は胸のうちで罵った。

長部が正眼を解いた。

また下段かと勘兵衛は用心したが、長部の切っ先は高く持ち上がり、頭上を越えて、なんと肩に担いだ。

それだけでなく、大きく足を開き、ずんと腰を低く落とした。

馬鹿な、と勘兵衛は思った。

戦国の世で使われた荒々しいだけの構えだ。そんな古めかしい剣法で、いまの洗練された剣術に勝てる気でいるのか。

剣の術は、先読みと速さに極まる。

あの構えでは、どちらも放棄しているに等しかった。

長部は上下に身を揺すりはじめた。

打ち込むための拍子をとっているのだ。

こちらにとっては、長部の出足が読みやすくなるだけで、あえて後手をとっても、相手の手首を叩き折ることができる。

踏ん張った体勢で、ふわり、と長部の身体が浮き上がった。落ちる勢いを利用して、素早く前へ出るつもりだ。

勘兵衛は、相手の空振りを狙い、後の先をとる構えだ。

長部は低い姿勢から踏み込んできた。木刀をふり降ろしてくる。速い。だが、勘兵衛には切っ先の動きが読めていた。

（ちがう！）

勘兵衛は愕然とした。

たしかに、長部は空振りした。

それは勘兵衛の読みより、はるかに手前であった。もちろん、わざとだ。わざと空振りをした。――なぜ？

長部は背中を見せていた。

それを突くには、勘兵衛も踏み出さなければならず――。

長部の狙いがわかった。

空振りしたのは、身体の回転で勢いを増しつつ、さらに踏み込んで腕を伸ばし、片手斬りで勘兵衛に切っ先を届かせるためである。

勘兵衛には、どこから攻撃がくるのか読めなくなった。

背筋が凍った。

勘兵衛は、一瞬で三つの剣筋を想定し、さらに的を絞って一つとした。頭で考えたことではない。勘だ。剣士の本能だ。理不尽な父に、幼いころから剣術をたたき込まれた成果であった。

これぞ天稟（てんぴん）！

二つの切っ先が交差した。

ぴたり、と静止する。

長部の木刀は、勘兵衛の右肩を割る寸前で止まり、勘兵衛の木刀は長部の腹部をえぐる手前であった。

「相打ち！」

朔の声が興奮で弾けた。

傍目には、そう見えたかもしれない。

「まさか、相打ちになるとは……」

長部の声にも素直な驚嘆がある。

「……おれの負けだ。腕を斬り落とされた」

「だが、浅かった。さらに踏み込んで、私の腹を刺し貫けた」

「だが、おれも首を斬られる」

「だから、相打ちだ」

「だから、おれの負けだ」

「……なんと？」

長部は、訝しそうに勘兵衛を見た。

「できぬ……できぬのだ……」

勘兵衛の木刀は、ただ打つだけだ。

長部は斬っていた。

流派はちがうが、父の雄太郎と同質の剣だ。真剣の刃をくぐり抜け、相打ち覚悟で斬り結んだことがあるのだろう。

おそらく、長部は人を殺したことがある。

勘兵衛にはなかった。

もちろん、真剣を帯びるからには、生死は天に委ねている。おのれのことも、相手のこともだ。勘兵衛のふるった剣がもとで死んだ者はいただろう。

だが、命を奪うことを目的にしたことはなかった。

長部は、人を殺そうとして斬ったことがあるはずだ。

「おれには……それがわかって、なお相打ちに踏み込めぬのだ！」

勘兵衛の臓腑が屈辱で焼け爛れた。

五

老剣客は、竪川の水面を茫洋と眺めていた。

右手に見える隅田川の流れを引き込み、東で中川と繋がる水路だ。眼の前の一ツ目之橋を渡れば、弁財天の社があり、さらに奥へいけば深川八幡宮御旅所がある。

雄太郎は、今日も川べりで釣り糸を垂れているのだ。

昨日のうちに両国橋を渡って、元町の材木河岸に陣取っていた。狙いは春ギスだ。塩焼きにしてもよし、天麩羅にしても美味い。

眠くなったら、神社の軒先を借りて寝た。若いころの武者修行で、旅先の野宿には慣れているのだ。

朝飯は神田川で一匹釣っていた鯉があったので、河岸で煮炊きしている漁師たちの鍋に切り身を入れていっしょに食った。釣った魚が多いときは、団子や握り飯と交換してもらうこともある。

野宿も慣れてしまえば、これも日常であり、太平楽なものである。

ただ、銭が足りないときは、湯屋に入れないことだけが辛かった。

それにしても、

(長屋に戻れず、たいしてものを食べてないというのに……)

どうしたことか、いっこうに痩せる気配がない。

齢六十を超えた肉体が、いまさらに太ることを求めていたのか？

そもそも、痩せる必要があるのだろうか？

雄太郎は、つらつらと考えてみた。

肥える。

剣客にとって、それはどういうことか？

まず動きが鈍くなる。

あたりまえだ。脂の鎧を着ているようなものである。

しかし、人の脂は刀身を滑らして勢いを鈍らす。

ならば、まともに一撃を受けたとしても、雄太郎の内臓まで刃先は届かず、致命傷を防いでくれるかもしれない。

そして、反撃だ。

肥えた目方を剣先に乗せることができれば……。

だが、雄太郎は指まで太ってしまった。

まるで五本の芋虫である。これでは満足に刀も握れまい。たとえ握れたとしても、存分にふることは難しい。両手を使うには、布袋様のように張り出た腹肉が邪魔になるからである。

いま勝負を挑まれれば、勝てる見込みはない。痩せられないとあれば、どうあっても新しい工夫が必要であった。

雄太郎の眼は、竪川の水面にじっと据えられている。

団栗(どんぐり)で自作した浮子(うき)を見つめていた。

竿は竹林から伐ってきた青竹である。日陰で乾(ほ)して水気を抜いていないから、しばらく使っていると割れてしまう。名人の作った竿も世にはあるようだが、雄太郎にはこれで充分であった。

そもそも、そんな銭はない。

糸も安い麻糸だ。山繭(やままゆ)の糸に渋漆(しぶうるし)をひいたテグスならば、水に入れると魚の眼には見えにくく、よく釣れるという。が、テグスは乾くと切れやすくなる。麻糸より値が高い上に、手入れが難しいのだ。

錘は鉛を瓢簞の形に鋳た。これも自作である。

針だけは、古馴染みの刀鍛冶に頼んで鍛えさせた逸品であった。針は剣士にとっての刀も同然。おろそかにはできない。

ちょろり、と。

雄太郎の浮子にむかってくる黒っぽい背びれが見えた。キスだ。魚影からすると、鍋で煮崩れしてしまうような小物ではなく、漁師が〈鼻曲がり〉と呼ぶ一尺超えの大物であった。

雄太郎はあわてなかった。

そもそも、針には餌をつけていない。

では、どう釣るというのか？

雄太郎は思念を消した。無心である。路傍の石である。自然の一部であった。

浮子の手前で、背びれが水面に潜った。

雄太郎は眼をつむり、手首を精妙にひねった。

浮子が少し持ち上がり、つつ、と引っぱられて沈んだ。

魚のエラに釣り針が食い込んだのだ。

ぐ、ぐんっ、と暴れた。逃がさない。糸が切れないようにあやし、巧みに力を散らし、さんざん暴れさせて魚を疲れさせていった。

やがて、キスは抵抗を諦めたようだ。

雄太郎は、すい、と竿を立てて獲物を引き寄せた。

たも網ですくい上げ、魚籠に放り込む。

ふたたび餌のついていない針を川面に投げて沈めた。

雄太郎の思案はつづいていた。

(色恋は、剣士を強くするか……?)

勘兵衛の母となった女を得たとき、自分は強くなっただろうか。弱くなったのだろうか。その答えは、まだ出ていなかった。答えが出る前に、女房は流行り病に臥し、雄太郎は赤貧で薬を買うこともできず、死を看取ることしかできなかった。

お峰という名の深川芸者だ。

思わず守りたくなるような女ではなかった。気が強く、ひとりでも生きていけそうだった。しかし、どこか危うい女でもあった。

(……お琴はどうか?)

気は強いが、どこか脆い。やはり、そんな気がした。

男に捨てられても弱音は吐かないであろう。が、どこかで心に傷を負ってしまう。男に惚れるほどに、我が身を削ってしまう。

そんな女だ。

だからこそ、あれほど触れ合う肌が燃えさかるのか……。

年甲斐もなく、雄太郎の雄は昂るのだ。お琴の弾む身体を抱きしめ、悦びの声に勇み立ち、渾身の精を放つ。そのとき、雄太郎は生きていた。命の炎を燃やして、弾けた愉悦に身をわななかせた。

（このごろは、お琴のことばかり考えておる。はて、女のことが頭から離れなくなって、わしは弱くなったのか？）

身体が丸くなると、心もそうなってしまうのか。家族を背負ったことで、奮起する男もいれば、死を恐れて戦えなくなる男もいる。

忠吉はどうだ？

弾七は？

ふたりの友垣ならば、どう考えるであろうか？

「むう……？」

ふと思い出したことがあった。

亡くなった女房には、

「たしか、弟がひとり……」

いたはずである。

まだ生きているか、それは知らなかった。

腕が立つ浪人であったが、ろくでもない男であった。雄太郎と真剣で勝負し、西国へと落ちていったが……。

「ひと晩ねばって、この有り様か……」

忠吉の顔に疲労のシワが増えていた。

これだけが昨日から今日にかけての成果である。

お琴の相談事から逃げて、さりげなく長屋を出たとき、三人組の男が古町長屋をうかがうようにうろついているのを見かけたのだ。

金槌(かなづち)で殴られた蟹(かに)のような顔の大男が親分なのだろう。はしっこそうな子分をふたり従えている。子分のひとりは右耳がちぎれ、もうひとりは左目が潰れていた。足元は草鞋(わらじ)と脚半(きゃはん)でそろえ、腰に長脇差を帯びている。

旅の博徒かと思ったが、江戸払いを命じられた罪人なのかもしれない。旅装束を江戸に留まる言い逃れとして使うこともあるのだ。

しばらくして、小太りの老人と芸人姿の女があらわれた。

老人は旅の商人風で、福々しい丸顔をしている。女の着物は両袖がだらりと長く、顔は幼げであったが、その目付きは鋭かった。

どうやら、三人の破落戸たちとは仲間らしく、軽い目配せだけで場所を入れ替わって、長屋を見張りはじめた。

退屈な役目から解放されて、三人の破落戸は意気揚々と場を離れていく。忠吉は、それを追跡していったのだ。

三人は江戸の盛り場を練り歩き、日本橋の船宿に泊まった。忠吉は船宿を見張りながら、居酒屋で朝までうたた寝してすごした。

翌日、酒でもくらって眠ったのか、三人は昼過ぎになって船宿を出た。新大橋を渡って深川へはいり、富岡八幡宮の賑々しい人混みに洗われているうちに、忠吉は三人を見失ってしまったのだ。

かつての名同心も腕が落ちたものである。

（あのへんも、やっかいなところになっちまったなあ）

深川のことであった。

勧進相撲もあれば岡場所もあり、江戸の町人が好む盛り場のひとつであるが、深川が江戸に組み入れられたのは、それほど昔のことではない。

家康公が江戸に入府してきたころは、ただの茅野であったという。

三代将軍の時代に富岡八幡宮が建立され、明暦の大火を経て木場が置かれるようになってからは紀伊国屋文左衛門や奈良屋茂左衛門といった大商人が興隆し、享和までは江戸で使われる材木を一手に引き受けていた。

文化文政には、江戸の喧騒に飽いた有名役者などが閑静な本所深川に競って寮（別荘）をしつらえていたが、盛り場の賑わいが癇に障るほどになったせいか、このごろでは根岸に移って寮は閑居となったという。

その隙を埋めるように、地方からの流民が深川へ流れてきた。

松平定信の倹約時代は、はるか遠い昔のことである。いまは、ふたたび賄賂が幅を利かせる時代となっている。

都が栄えれば、地方は干上がる。

江戸での付き合いに必要な金を調達するため、各大名が民に重い年貢をかけて絞り上げるからだ。その結果、生きていけなくなった者たちが流民となり、職を求めて江戸を目指すことになる。

ところが、江戸の町屋もいっぱいである。町奉行所でも、流民への詮議は厳しくしている。

だから、自然と深川あたりへ流れてくることになるのだ。

「さて……」

忠吉は迷っていた。

三人の破落戸を捜しつづけるか、引き返して長屋に戻るか。なんとなく厭な予感がして、ひとまず引き返すことにする。

まずはぐっすりと眠ることだ。

足腰がくたびれ、腹も減っていた。

六

（帰りてえ……だが、帰れねえ……）

弾七郎は、浪人の処置に困っていた。

朝までいっしょに呑み歩き、宮芝居の小屋の隅を借りて少し眠った。

江戸の土地勘がないくせに、長部は鼻が利くのか、たいして迷うことなく藪木道場を見つけてしまった。

弾七郎は道場の中まではついていかなかった。外で待っていた。しばらくして、長部が出てくると、勘兵衛から聞き出したという古町長屋まで案内した。

あたりまえだが、雄太郎は留守であった。

（勘坊を倒すなんざ、かなりの腕じゃねえかよ。こりゃ、いまの雄の字に勝てるはずもねえ。どうする？　おい、どうすんだ？）

長部は、それで諦めたわけではなかったが、かといってどこを捜すべきかというあてもなく、途方に暮れている。

弾七郎は、浪人から眼を離すわけにもいかず、案内役という名目でくっついているしかなかった。

この若い浪人のことを、弾七郎は嫌いではなかった。

一晩呑み明かした仲である。

野暮と無粋は苦手であったが、少し付き合っただけで、生きることに不器用な男だとわかる。これほどの腕があれば、もっと上手に世間を渡っていけるだろうに、なにかとワリを食ってきたのだろう。

「ちょいと両国橋を渡ってみようや」

弾七郎は、若い浪人に提案した。

「江戸から離れるのですか？」

「なあに、本所深川も朱引の内側よ。両国橋だってお江戸の名物さ。話の種に渡ってみるのもいいだろうぜ」

「江戸の見物にきたわけでは……」

「わあってる。わあってるさあ。でも、焦るこたあねえ。その仇は、いっしょに住んでる若い女房とかに追い出されてたんだろ？　だったら、行き先は盛り場だ。本所や深川あたりもけっこう賑わってるぜ。あんたの仇が遊んでたって、ちっともおかしかあねえやい」

肩を並べて両国橋を渡った。

どぅれ、ひさしぶりに富岡八幡宮の見世物小屋でも覗きにいこうか、と弾七郎が足をむけたときだった。

「おお、弾七ではないか。それから、昨日の……」

当の仇が、竪川の手前で長閑に声をかけてきた。

（んなとこで釣っててんじゃねえ！）

弾七郎は、白髪頭を抱えたくなった。

しかし、長部はうれしそうな笑みを見せた。

「たしか雄の字殿ですね」

「ああ、雄の字でかまわん」

「昨日は、おかげで命を拾うことができました」

「なんの」

立ち話のあいだも、弾七郎は気が気ではない。

「よ、ようぅ、はやくいこうぜ。な？」

長部浪人の袖を摑(つか)んでせかした。

雄太郎は、もっと若い剣客と話したかったのか、弾七郎に怪訝そうな眼をむけた。

「弾七、急ぐのか？」

「ああ、韋駄天(いだてん)の下痢よ！」

「ならばいたしかたない」

我ながら意味がわからないことを吹くと、それでも雄太郎は納得してくれたようだった。さすがは友垣だ。

幸いなことに、丸々と肥った雄太郎は剣客に見えないであろうが、とにかく長部を連れてこの場を離れたかった。

そこへ、間の悪いことが重なった。

「よう、弾さん！　藪木道場のご隠居もいっしょかね」

忠吉が通りかかって、ふたりの友垣に声をかけたのである。

「あ、ああ……」

弾七郎の顔が顎先まで白くなった。

「藪木……！」

長部の顔色も変わる。

弾七郎が息を呑むほどの殺気をあふれさせ、長部浪人は腰の刀に手をかける。雄太郎が父の仇だと気づいてしまったのだ。

雄太郎も、尋常なことではないと悟ったようだった。

忠吉だけが、まだ呑気な顔をしている。

「弾さん、なんだこれは？　こっちの若いのは誰だ？」

「忠吉っつぁんよぅ……おめえなあ……」

雄太郎には、はっきりと身に覚えがあるようだった。

「長部……そうか、浅次郎（あさじろう）のせがれであったか。浅次郎は死んだのだな？　それで、わしを殺しにきたのか？」

弾七郎は、いっそ開き直った。

「雄の字ぃ、この浪人さんとは、どんな悪縁があんだ？」

「わしの甥だ」

「ああ？」

弾七郎と忠吉は顔を見合わせる。

「てことは、雄さんの亡くなった女房殿の……」

「義理の弟のせがれだ」

そりゃ面倒なこったな、と弾七郎は嘆息した。

いわゆる剣客の宿命というやつなのだろう。くだらないが、これは避けられそうにない。真剣で勝負して、どちらかが死ぬ。いずれにしても後味が悪くなりそうだった。

雄太郎は、悠然と立ち上がった。

「剣士の習いだ。お相手しよう」

長部も険しい顔でうなずく。

「藪木殿、刀は？」

「いや、これで充分」

雄太郎は、浴衣の帯に挟んでいた鉄扇を引き抜いた。

その立ち姿は相撲取りのように堂々としているが、人斬り包丁の前には弱々しく見えてしかたがない。刀を持っていたとしても、これほど立派に肥満していれば布袋腹につかえて、ろくな構えもとれないだろう。

長部も、同じように思ったらしい。

眼から殺気が薄れて、侮蔑の色がとってかわった。一歩、二歩、と雄太郎に歩み寄る。刀の柄から手は離していない。三歩目で、わずかに腰を落としながらくるりと反転した。

雄太郎に背中を見せ、

「痩せてから、その命もらいうける」

と言い残し、長部は両国橋のほうへ立ち去った。

弾七郎が、痩せた胸をなで下ろした。

そのとき、雄太郎の帯が弾け飛んだ。

「おおっ」

驚きの声を漏らしたのは忠吉だった。

長部が斬ったのだ。弾七郎に抜く手は見えなかった。忠吉もだろう。雄太郎は見るだけは見えていたかもしれないが、太った身体では対応できなかった。ここで死んでもおかしくなかったのだ。

若者の生真面目さに救われた形であった。

「うーむ……」

雄太郎は、だらしなく浴衣の前が開いた褌姿で太い眉をひそめる。突き出た肉の塊には傷一つついていなかった。

「雄の字、わざと斬らしたのか？」

「うむ」

「おい、太って避けられなかっただけじゃねえのか？」

「ん……」

「どっちだよ？」

弾七郎がしつこく訊くと、にたり、と雄太郎は笑った。

「ま、戦わずして勝つ……という境地か」

「おめえな……」

呆れるしかなかった。

忠吉が、帯を拾って雄太郎の浴衣を締め直してやった。結び目がふたつに増えただけのことである。

「弾さん、どちらも死なないでよかったじゃないか」

「そうかあ？　そういうもんか？」

弾七郎には、そう楽観はできなかった。

長部浪人は、また会いにくるはずである。雄太郎にしても、いつまでも太っているわけにはいかない。

そのときこそ、決着のときである。

「ふむ、春来る鬼ってとこかね」

忠吉は、やけに気楽なことをほざいた。

弾七郎は、思わず頭にきた。雄太郎と長部を再会させないように気を遣っていた自分が、いまさらのように滑稽だと思ったのだ。ああ、狂言芝居は舞台の上だけにしてもらいてえ……。

「ばあろお！　春来る鬼ってなあ、福の神のことなんだよ。節分に豆で追われながらも、春の恵みを呼んでくれるありがてえ鬼さ。人斬りといっしょにすんねえや！」

春の空に吠えてみた。

忠吉は笑った。

だが、よく見れば、忠吉もひどく疲れているようだった。

雄太郎は、何事もなかったかのように川べりでの釣りに戻っている。
春の修羅――。
荒ぶる季節の予感があった。

第二話　刺客来襲

一

親父橋（おやじばし）に、三匹の隠居たちはいた。

雄太郎（ゆうたろう）、忠吉（ただきち）、弾七郎（だんしちろう）である。

弾七郎によれば、戦国の世から男といえば武士だけである。町人はもちろん、お役から離れた隠居は人のうちに入らない。だから、三匹である。だから、人の責務から解放されて、気楽に生きればよいのだ、と。

雄太郎も、その考えが気に入っていた。

「親父橋で、おやじが三つ雁首（がんくび）並べてるってのも洒落（しゃれ）が利いてんな」

「まあ、じじいだがな」

弾七郎の憎まれ口に、忠吉が気のない相づちをうった。

三匹は、堀江町入堀を見下ろしている。

六十間堀ともいい、西岸は団扇問屋が多く、橋の東岸へ渡れば堺町や葺屋町といった芝居町がある。北の堀留を背にし、南側で繋がっている日本橋川から行き来する荷船を眺めているのだ。

「弾七、ここは落ち着かんか？　ならば、思案橋へ移るか」

雄太郎は、そう訊いてみた。

弾七郎が、しきりに葺屋町へ流し目を送っていたからだ。この橋からでも江戸三座の一つである市村座の立派な屋根が見える。弾七郎は、野良とはいえ役者だ。春の演目が気になっているのだろう。

「思案橋だあ？　ばあろい、それこそ野暮ってもんでえ」

弾七郎が吐き捨てた。

親父橋の名は、吉原遊廓の惣名主である庄司甚右衛門が〈おやじ〉と呼ばれていたことに由来するとされる。

昔の吉原は、堺町の先にあったのだ。

そして、思案橋の由来は、遊廓に渡る客が橋の上でゆくか戻ろうかと最後の思案を定めたことにあると伝えられている。

まさしく、面倒な思案のために、この三匹は集っているのだ。

「しかし、雄の字よぅ……」

「うむ」

「おめえ、ちぃとも痩せねえなあ」

「うむ」

「うむ、じゃねえよ」

「弾さん、いいじゃないか。かえって痩せないほうがな。雄さんは、あの長部とかいう浪人に狙われているのだろう?」

「そりゃ、そうだがよぅ……」

痩せなければ、雄太郎はお琴のところに戻れない。

痩せたら痩せたで、亡き女房の甥と殺し合いをしなくてはならない。

「どっちに転んだって、どん詰まりじゃねえかよ」

「それも剣客の定めよ」

雄太郎は平静たるものであった。

「痩せるも痩せぬも、天然の理のうちにある。天理に抗ったところで、どうしようもないのだ。剣の勝敗も、またしかり。せがれも〈張り子の剣士〉ゆえに負けた。なるようになるしかなかろう」

それを聞いて、弾七郎はシワ顔をしかめた。

「さてぁ、雄の字ぃ、はなっから痩せる気ねえな？　おめえ、なんのために、おれたちが汚え面を突き合わせてると思ってんだよ」

「気遣いはかたじけないが、よいではないか。ひさしぶりに三人……いや、三匹が集ったのだ。それはそれで楽しいではないか」

そこへ、忠吉は口を挟んだ。

「いや、雄さん、それだけではない。長屋を見張っていた奴らのこともある」

「忠吉っつぁん、前にもそんなこと言ってやがったな。でもよぅ、おれが長屋に戻ったとき、そんなのはいなかったぜ」

「忠吉がつけていたことに気づいたのかもしれんな」

「へへっ、それでまかれたってか。元同心も耄碌（もうろく）したもんじゃねえか」

「ああ、面目ない……」

忠吉はしょげて、生真面目（きまじめ）に頭を下げる。

「よ、よせやい、ばあろう！　耄碌はお互いさまじゃねえか。そうじゃねえんだよ。

いちいち気にかけたって、しょうがあんめえってこったよ」

「弾七の言う通りだ。誰に見張られようが、気にしてもしょうがないことだ」

「しかし……」

　忠吉の言葉を遮って、弾七郎が話を変えた。

「そういや、忠吉っつぁん、いつ八丁堀の屋敷に戻ンだよ。ええ？　せっかく復縁した女房に追い出されるなんて、なにやらかしたんだ？」

　問いただされて、忠吉は眼で見えない羽虫を追った。

「追い出されたわけじゃない。わしが勝手に出ただけさ。そういう弾さんはどうなんだ？　お葉さんとはうまくいってるのか？」

「うちは、いつもと同じよ」

　弾七郎が、薄い胸板を張ったときであった。

「ざけんな、ちくしょうめ！」

「んだ、こら？　てめえが先に肩ぶつけやがったんだろ？」

　罵声が飛び交った。

　三匹の老人は、声のほうへそろって眼をむけた。

　親父橋の真ん中で、いかつい大男と、ふたりの小男が、唾を飛ばしながら怒鳴りあっている。肩がぶつかった、ぶつからない、というつまらない理由のようだった。

「喧嘩か、おい？　威勢がいいねえ」

揉め事が好きな弾七郎の眼が輝く。

喧嘩の三人は、旅の博徒なのか、足元を草鞋と脚半でそろえている。

大男は蟹を潰したような顔で、身体の横幅も戸板のようにひろかった。あとのふたりは小柄ながら、その動きははしっこそうで、ひとりは右耳がちぎれ、もうひとりは左目が――。

「あいつらだ！」

忠吉が小声で叫んだ。

「あ？　なんだって？」

弾七郎が訊いたとき、喧嘩の三人は腰の長脇差を抜き放った。

春の陽射しを受けて刃が禍々しく光る。

「死ねよ！」

「へっ、食らうかよ！」

「やろぅ！」

大男と小男ふたりは、口汚く叫びながら長脇差をふりまわし、橋の上を跳びまわった。それまで呑気(のんき)に見物していた町人たちも血相を変え、わあわあとさわぎながら巻き添えを食らうまいと逃げ散っていく。

雄太郎は、場数を踏んでいる三人だと見た。

長脇差を乱暴にふりまわしているようでいて、きちんと刃が届く間合いを見切り、じりじりとこちらへ近寄っているのだ。

「気をつけろ！　長屋を見張ってた奴らだ！」

忠吉の声が聞こえたのか、ちっ、と大男が舌打ちした。

旅博徒の三人は、喧嘩芝居をやめて三匹の老人に襲いかかった。打ち合わせしていたにしろ、鮮やかな身の切り返しである。

先頭で斬(き)り込んだ小男の顔面に、いきなり握り飯がめり込んだ。

「下手な芝居の木戸銭だ。ありがたく受けとりな」

弾七郎の仕業である。小腹が空いたら食べるつもりであったのか、懐(ふところ)にしまっていた握り飯を投げつけたのだ。

見事、潰れていないほうの眼にあたった。腕力こそないが、飛び道具は弾七郎の特技である。握り飯は砕け散ったが、中の具が目玉に沁(し)みたのか悲鳴を上げて小男は転がった。

片耳の小男は、忠吉が相手になっていた。小男は薄笑いを浮かべ、片手斬りで長脇差をふった。忠吉の顔は険しい。一尺半（約四十五センチ）の喧嘩煙管がうなり、長脇差の細い刀身を鍛鉄の管で叩き折った。

「長脇差なんてのは手足の先を狙って遠間からふるもんさ。じじいと思って、真っ正面からいくもんじゃないぜ」

にたり、と忠吉は啖呵を切った。

片耳の小男は、折れた長脇差を手に立ち尽くす。忠吉はすたすたと歩み寄って、小男の額に雁首をぶちあてて昏倒させた。

残った大男は、小男たちの親分なのだろう。獰猛な気をほとばしらせて雄太郎に飛びかかった。刃の薄い長脇差で、雄太郎の分厚い腹を突き破るのは難しい。首筋を薙ぐように狙ってきた。

鋼と鋼のぶつかる音がした。

大男の蟹面が驚きにゆがむ。

雄太郎の鉄扇が、長脇差の刃先を受け止めていたのだ。

しかも、受けただけではない。

鉄扇の骨のあいだに刃先を挟んでいた。

「や、やろうっ」

大男はあわてて刀身を引こうとしたが、鉄扇はびくともしない。雄太郎は太い手首をひねった。それだけで、大男の手から長脇差がもぎとられ、宙で優雅な弧を描きながら入堀へと落ちていった。

一歩。

雄太郎は前に踏み出した。

鉄扇をふった。

角が蟹面のこめかみにぶちあたる。

「うっふぅ……」

大男は妙な声を漏らし、白目を剥いて崩れ落ちた。

握り飯をぶつけられた小男も、あふれる涙をぬぐって立ち上がったところを忠吉が喧嘩煙管で首筋を痛打し、あっさりと気絶させていた。

「ようし、番屋でも借りて尋問といくか」

弾七郎は、これで退屈しのぎができると薄い唇をほころばせたが、まだ雄太郎は気を抜いていなかった。

「忠吉、弾七……挟まれたぞ」

「ああ？」

「ん？」

弾七郎は長い顎をしゃくり上げ、凶漢たちの帯で三人分の手足を手際よく縛り上げた忠吉も渋く老いたシワ顔を上げた。

雄太郎は、橋の両脇を交互に眼で示した。

芝居町のほうに、痩身の剣客がいた。役者のように顔立ちは整っているが、胸でも患っているのか顔色が異様に青白い。粋といってもよい着流し姿で、二尺六寸（約七十九センチ）ほどの長刀を一本差しにしている。

もう片方からは、ふたりの剣客がきた。双子なのか顔はそっくりで、眉毛は擦り切れたように薄く、酷薄そうな眼をしていた。屈強そうな体軀も気味が悪いほど似ている。そろって袴姿で、腰にはきっちりと大小の二本を差していた。

「あれもか？　おう、どうなってんだ？」

弾七郎は舌打ちした。

新手の三人は、刺客であることを隠す気もないようで、雄太郎の肌にひりひりするほどの鋭い殺気を放っていた。

「先鋒がしくじったときの用心で、後詰めに控えていたのだろう」

「ここは逃げよう。敵う気がしない」

「なんだ、忠吉っつぁんでもか？　なら、雄の字の受け持ちだ。でもよぅ、あっちは三人だぜ？」

「いまのわしでは、ひとりでも無理だな」

それほどの使い手だ、と雄太郎は見ていた。

「だから、とっとと瘦せやがれってんだ。どうする？　ええ？　どうすんだよ？」

「しかたあるまい」

「ああ、ちと高いがな」

雄太郎と忠吉は、そろってうなずく。

弾七郎も嫌々ながら察したようだった。

「や、やんのか？　おっかねえなあ。おりゃ、もう若くねえんだよぅ」

若いころから、この三匹でさんざん悪戯をやらかしてきた。打ち合わせをしなくても、窮地に陥ったときの処し方はわかっている。

三人の刺客は、刀の柄に手をかけた。

抜くときは、あっというまだろう。抜いたときには、誰かが斬られているときかもしれない。逃げ場はなかった。橋の上では——。

「忠吉、弾七、よいな？」

「ま、待てよ！　まだ気持ちがよ……」

「跳べ！」

忠吉が叫び、真っ先に跳んだ。

欄干（らんかん）を越え、着物の裾（すそ）をはためかせて入堀へと落ちていく。

雄太郎も飛翔（ひしょう）した。肥満漢とは思えない身のこなしである。

意を決して、弾七郎もあとにつづく。

「ひっ、ひゃああ！」

その下には、ちょうど通りかかった川船があった。

雄太郎は、そこまで見計らっていたのだ。

落差にして二間（約三・六メートル）ほどだ。老人たちが次々と落ちた。嵐（あらし）にもまれたように船体が動揺する。荷の野菜が砕け、潰れ、汁を飛び散らせた。

「な、なんでえ！　てめえら、なんだよ！」

船頭も逆上して吠（ほ）えたが、腰を抜かすほどあわてふためいている。

「すまんな。わしらを適当なところで降ろしてくれ」

忠吉が小銭を渡して船頭に頼み込んだ。

　雄太郎の足はむしろを突き破り、無残に粉砕された野菜を踏みつけにしていた。堀留で山のように積んだ荷がなければ、船の底板を蹴り破っていたかもしれない。

　弾七郎は、野菜を覆ったむしろの上であぐらをかき、遠ざかる親父橋を眺めている。

「ありゃ、何者だろうな？」

　三人の刺客に追ってくる気配はなかった。

　橋の上で、顔色の悪い男が微笑んだ気がした。

「……わからん」

　雄太郎は、そう答えるしかなかった。

　六人の刺客は、あきらかに三匹を狙っていた。

　だが、なんの恨みかはわからない。

　どうやら、雄太郎には痩せなければならない理由ができてしまったようだ。

「わしらは、しばらく身を隠したほうがよかろう」

「けっ、しょうがねえな」

「長屋を見張ってた奴らは他にもいたからな。雄さん、弾さん……これは思ったよりも大きな厄介なのかもしれんな」

　あとで合流すると決めて、三匹はいったん散会した。

二

弾七郎は、居酒屋〈酔七〉に寄っていた。

「親父さん、新しい握り飯はどうでした？　もし美味かったら、客にも出してみようと思いますけど」

見世を開ける用意をしていた洋太が、さっそく訊いてきた。

「あー、唐辛子の粉いれたやつな。おう、使える使える。目潰しにはおあつらえだ」

「は？」

洋太は、要領を得ない顔をするばかりだ。

（そういや、忠吉っつぁんにもひとつやっちまったが、食っちまったかなあ。悪いことしちまったかなあ）

弾七郎は、くく、と喉を鳴らした。

「おう、洋太、こんちきしょう」

「親父さん、いきなり畜生呼ばわりはないでしょう」

「うるせえ、この洋太め」

弾七郎はあくまでも上機嫌である。

「おまえ、読本隠してねえか。なんかあんだろ？　出せよ。ほれ、出せって」

居酒屋に寄ったのは、しばらくは顔を見せられないと告げるためと、身を隠すにしても読本がなければ退屈でしかたがないからであった。

「親父さん、親に春本隠してるお武家のガキじゃねえんですから。長屋に戻れば、いっぱいあるじゃないですか」

「ちいとワケあってな」

古町長屋の部屋にも、これまで蓄えてきたおびただしい蔵書が山を成している。そのために部屋を借りたのだから、あたりまえであった。ついでに寝起きしているのは、帰るのが面倒だからである。

だが、あちらは刺客の見張りが残っているかもしれないのだ。

まだ読みさしであったのか、しぶる洋太から新刊の黄表紙をせしめると、弾七郎は笑み崩れて懐にしまった。

「おう、悪いな洋太め、こんちくしょう。おりゃー、しばらく姿をくらませっからな。かあちゃんにもよろしく頼まあ」

「なにがあったんですか？」

訊かれたものの、口で説明するのが面倒であった。

「あのな、洋太、おまえね、昔からさんざん教えてやったろ？　そういうことは考えるもんじゃねえんだよ。心で知れよ」

洋太も心得たものである。

「ああ、そうですかい。そういや、親父さん、昨日はどこにいたんで？」

「んな昔のこたあ忘れちまったい」

「じゃあ、どこいくってんで？」

「んな先のこたあわからねえ」

「……その台詞、なんかの芝居ですか？　まあ、それはいいとしといて、おっかさんが鬼のように怒ってますぜ」

「ああ？　なんでだよ？」

無愛想に聞き返しながらも、弾七郎はやや脅えていた。

商家のお嬢さま育ちで、おっとりとしたお葉が怒るなど珍事である。しかも、鬼のようにときた。

「さあ、昼ごろ、親父さんにお目通り願いたいってお武家さんがきましてね、ちょうど起きたばかりのおっかさんがかわりに会ってたんですが……どうやら、それが根源のお稲荷さんで」

「根源のお稲荷さんだと？」

「そのへんは心で知ってください」

稲荷の狐と、鳴き声のコンをかけたのだろう。

（くだらねえ！）

あらためて、弾七郎は聞き直した。

「で、おれに客だあ？」

「へえ、なんでも、親父さんがお武家さんだったころ、許婚がいたって話で」

「ああん？　あ、ああ……」

すっかり忘れていたが、弾七郎にも覚えはあった。

まだ若いころだ。たしかに許婚がいた。先方の女中から手引きされて、こっそり逢ったこともある。気立てがよく、可愛い女であったが、武家の娘にしては奔放で、何度も褥をともにした。

ただし、弾七郎の親が亡くなり、武士の身分も捨ててしまうと、これはあっさり破談となった。許婚の女は、すぐに他家へと嫁いでいった。

家同士の縁を深めるために、親が決めたことなのだ。弾七郎も愉しむだけ愉しんだのだから文句をいう筋合いでもない。

元許婚の女は、それなりに幸せに暮らしていたという。そして、何年か前に亡くなったと風の便りで聞いていた。

「で、それがどうしたい？」

「そのお武家さんがおっしゃるにはですね」

洋太は、厭な目付きをした。

「てめえは元許婚の女が親父さんの種を宿して生れた子供だと……」

「ふ、ふざけやがって！　大声じゃあ言えねえが、〈種無し弾七〉ってなあ、おりのこってぇ！」

「親父さん、ちいっとも威張るとこじゃねえ」

洋太は呆れたが、弾七郎は震え上がった。

やることはやったのだ。子供ができてもおかしくはなかったが、なぜいまさらになって名乗りをあげてきたのか。

「そいつ、まだいんのか？」

天井を恐懼の眼差しで見上げた。

女房のお葉は売れっ子戯作者である。いつも二階で朝まで仕事に没頭し、昼過ぎに起きるという暮らしをしているのだ。

「いえ、親父さんが戻ってくるころに、また訪ね直すとか。……それで、この居酒屋のこと、どうします？」

「ど、どうって、おめえ……」

「わざわざ、むこうからやってきたんですぜ？　奴さんも町人になりたいなんておっしゃるかもしれませんや」

ふざけてるのかと思ったが、洋太の眼は妙に真剣であった。

「なにしろ、血を分けた子ですからね。ですが、こっちも養子とはいえ、親父さんとは付き合いが長い。それなりに権利ってもんがありまさあ。半分に分けるとしても、上と下で――」

「おい、馬鹿！　上の部屋は、お葉のもんだ。おめえら、この見世だけ分けろよ」

弾七郎も、つい乗ってしまった。

「なら、表と裏ですか？　商いを預かる身としちゃ、表をもらいてえや」

「そりゃ、どっちが年上かで変わんだろ。あれだ。いっそ、真ん中に線を引いてだな、右と左で分けるってのは――」

「弾ちゃん……」

恨めしげな声が階段口から聞こえた。

弾七郎は、ぴんと背筋を伸ばして硬直した。

「お、おう！」

洋太とのかけあいに気をとられて、降りてくる足音を聞き逃していたのだ。

ふり返ると、お葉が睨んでいた。

化粧気のない細面は、いまでも小娘のように若々しかった。ひょろりと背が高く、頭は宮女か巫女のような垂髪である。

「血の繋がった子供がいるなんて、どぉして、教えてくんなかったのさぁ」

お葉の痩身は、ふらり、ゆらり、と揺れている。

酔っぱらいの体である。

「そりゃ、洋ちゃんは可愛いよぅ。あちきらの子だものさぁ。でもさ、許婚がいたなんて、子供まで作ってたなんて……あんな、ご立派なお武家さまを……ぜんぜん教えてくんなかったじゃない。あちきだって、弾ちゃんの子供を産みたかったけど、これじゃあ……あんまりだよぅ」

お葉の眼は、泣き腫らしたように真っ赤であった。

弾七郎も泣きたかった。これでは、子供ができなかったのが、お葉のせいになってしまうではないか。

「そ、そりゃ、おめえ、おれだって知らなかっ——」

「もし、弾七郎殿はおられますか？」

見世の戸口から、やけにのっぺりした顔の優男（やさおとこ）が入ってきた。大男でも小男でもなく、ありきたりな体格だ。羽織と袴は上等なものではなかったが、すっきりと嫌味（いやみ）なく着こなしている。

「あ、その方ですよ」

洋太が、弾七郎の耳元でささやいた。

「おう、あんたか！　よぅし、外で話そうぜ」

「弾ちゃん！」

「お葉、帰ったら、じっくり話して聞かせるから、ちょいと待ってろ！」

弾七郎は、優男を引っぱって、見世を飛びだした。

裏店（うらだな）の通りを抜けて、小さな稲荷神社の前にきていた。

「おうおう、どういう了見でえ？　ああ？　分別盛りのその歳（とし）で、いきなりやってくるなんざよ？　あんた、ほんとにおれの息子か？」

外の風で頭が冷えると、少しは冷静にものを考えられるようになった。

弾七郎は、どうにも気に入らなかった。

この優男は、一見して二枚目であるが、なにもひっかかりがない。少し眼を離したら、どんな顔であったのか、もう忘れてしまいそうであった。

歳は三十の半ばあたりか。どう眺めても、四十に届くとは思えない。弾七郎の息子にしては歳の数が足りなかった。

（騙り……だな）

弾七郎の直感であった。

優男は、深々と弾七郎に頭を下げた。

「弾七郎殿、申し訳ありません。じつは、私はあなたの息子ではありません」

自分から白状してきた。

「私は、小平と申します。このような姿をしていますが、武家でもありません。さる裕福な女房殿に、弾七郎殿との仲立ちを頼まれた者です。弾七郎殿がお出になった芝居を見て、どうしてもお会いしたいと……それで、心苦しいのですが、こうして騙すようなことを……」

「ふうん」

弾七郎は、ほっと安堵していた。

これで騒動は落着したのだ。

息子を騙られ、まだ腹の虫はおさまっていなかったものの、それはそれ、たっぷりと礼金を弾んでもらえばよいことであった。

（さて、この落とし前を、どうつけてもらおうか）

思案しながら、くん、と弾七郎は鼻を鳴らした。

風が神社の境内から鳥居に吹き抜ける。

「おりょりょ……」

弾七郎の矮軀は、たやすく風に煽られた。

「おや、だいじょうぶで？」

よろめいたところを、優男の手に支えられた。

「へへ、すまねえな。いや、歳なんざとるもんじゃねえ。どうにも足腰がよれてな。それにしても……あんた、珍しい矢立を持ってんな」

弾七郎の手に、いつのまにか鉄造りの矢立が握られていた。

あっ、と小平は驚き、自分の懐をまさぐった。

柄杓のような形をしているが、墨壺と筆筒をくっつけて簡易に持ち運べるようにした筆記道具である。墨壺の蓋を開けると、長い柄の部分が空洞になっていて、そこに筆をしまうのだ。

だが、これは矢立としては使えそうになかった。

「弾七郎殿、お返しください！」

「おう、動くなよ」

弾七郎は、親指で墨壺の蓋を跳ね開けると、よくよく見れば小さな穴の空いた柄の先端を小平の胸元へとむけた。

「うっ……」

優男の顔から血の気が引いていく。

「なあるほど。柄の空洞に玉と火薬をつめて、墨壺ンとこに火打ち石を仕込んでやがんだな。んで、両手で支えて、こう親指で鋼の輪をひっかけてまわすと、下の火打ち石にこすれて火花が散って、小皿に盛られた火薬に火がついて……ズドン！　うん、よくできてやがらあ！」

弾七郎は、心の底から感嘆していた。

これは、精巧な隠し鉄砲なのである。

「て、てめえ……！」

地金を出して、小平の顔が険しくなった。

弾七郎は顎先でせせら笑う。

「なあ、あんたも調べてたんだろ？　おりゃ、昔は御先手組だったんだ。剣の腕はさっぱりだが、弓や鉄砲についちゃあ煩いぜ。たしか南蛮渡りの短筒でよぅ、こいつと似たようなからくりを拝んだことがあらあ」

小平の身体から、かすかに火薬の匂いを感じたとき、風によろけたふりをして、とっさに懐から掏摸とったのだ。

「つまり、おめえさんも刺客ってわけか？　なあ、つまらねえ小細工をするから、こんなことになるんだ。さて、忠吉っつぁんのとこに連れてって、洗いざらい吐いてもらおうか？　ええ？」

弾七郎が啖呵を切った。

小平は、にや、と口の端をゆがめて嗤った。

「あん？」

右頬に風を感じて、弾七郎は思わず左へ跳んだ。

跳びながら、ふり返った。

うおっ、と弾七郎は大声を上げそうになる。山のごとき体軀の力士が、墨染めの浴衣をひるがえしてこちらにむかってくるのを見たのだ。

肥えた雄太郎すら凌駕する肉の塊である。

（もうひとりいやがったか！）

弾七郎にためらいはなかった。

親指でからくりの鋼輪をまわす。丁寧に、そして素早く。力みすぎると、狙いが外れる。火打ち石の質がよいのか、派手に火花が散った。ばすんっ、と熊の屁のような音がして、両手で持った隠し鉄砲が暴れた。

力士の右足に命中した。

しかし、松の根っ子のような太ももである。ぽつん、と小さな穴が空いただけで、巨漢は蚊に刺されたほどにも感じていないようだった。

突進してきた。

ぞっ、と弾七郎の白髪が逆立った。

（んなのがぶつかったら、こちとら大八車に轢かれた饅頭のように潰れちまう！）

物騒な力士は、のっそりと手をふりあげた。

動きは鈍重だが、五指を伸ばせば弾七郎の顔ほどもある大きな手であった。

横殴りに、平手をふりまわしてきた。

弾七郎も年季のはいった役者だ。軽業師から芸を教わったこともある。相撲取りのように四股を踏み、蛙のように斜めへ飛び跳ねた。

「えっ……」

小平が間の抜けた声を漏らした。

弾七郎の矮軀は、小平の後ろへ飛び込んだのだ。

力士の平手は止まらなかった。

味方の横っ面にぶちあたり、そのまま勢いでふり抜いてしまう。弾七郎は、首の骨が折れる厭な音を聞いた気がした。

「あ……ああ……」

力士は立ち止まり、鈍重な顔に悲痛なさざ波がひろがっていく。自分の怪力がしでかした惨状に気づいたのだ。

「な、なんでごど！　なんでごどを！」

苛烈な殺意を眼に宿し、ふたたび弾七郎にむかって突進してきた。

「てめえが殺したんじゃねえか！」

わめいてみたが、それが通じる相手ではなかった。

弾七郎は、首の襟巻きをほどいてふたつに折ると、そのあいだに矢立鉄砲をぽんと落として挟んだ。

（んなことには使いたくなかったけどよぅ）

矢立鉄砲を重しにして、ぶんっ、ぶんっ、と襟巻きを縦にふりまわす。一回、二回、と勢いをつけたところで、おりゃっ、と襟巻きの片端を放した。

矢立鉄砲が飛び、巨漢の顔面に命中した。

「ぐぅっ」

これで倒れてくれれば苦労はないが、軽い目潰しにはなったようだ。巨漢はうなって首をふりたくり、足を止めて目元を押さえた。

その隙に、弾七郎は近くの長屋へ駆け込んだ。

「ほい、ごめんよ。ちょっくらごめん」

裏口から土足で駆け上がり、無体な老人の乱入に驚く住人たちへひょうひょうと謝りながら、弾七郎は反対側へと抜けていく。

そのときには、襟巻きを首に巻き戻していた。

後ろから、戸や壁を踏み壊す音が聞こえた。あられもない住人の悲鳴。巨漢も怪力にものをいわせて乱入したのだ。

弾七郎は、けけっ、と笑った。

「ほい、ほらよ。邪魔するぜ？　あらよっと！」

どぶ板を飛び越し、干し竿をくぐり、次から次へと長屋の中を素通りして、あげくに見世の裏口に飛び込んで表通りへと転がり出る。

「さて、ごめんなすって……」

荒れ狂う力士がようやく大通りへと出たころには、賑々しい人混みに紛れて、老役者は首尾よく姿を消していた。

三

一方で……。

忠吉は、南茅場町の河岸で荷船を降りてふたりの友垣と別れてから、思うところがあって親父橋へ引き返していた。

六人の刺客たちの追跡を試みたのだ。

橋上の騒ぎを見物した興奮で、まだわいわいとくっちゃべっている町人たちに訊いてみる。剣客三人は博徒風の三人を拘束から解くと、芝居町の人混みに紛れ去ったという。やはり仲間であったのだ。

（いったい、どれほど仲間がいるというのか？　長屋の見張りで交替にきたふたりを含めると、八人はいることになるが……）

あるいは、もっと多いのかもしれない。

六人の刺客は、どこにむかったのか？

芝居町は往来する人が多すぎる。自身番で尋ねたところで、たいした手がかりは摑めないだろう。

だが、江戸は水路で分断され、必ずどこかの橋に繋がっている。方角さえわかれば、行き先を絞り込むこともできないわけではなかった。

忠吉は、着物の裾を尻はしょりして駆けだした。

勘を頼りに両国広小路で網を張ることにしたのだ。

刺客の目的が露見して、長屋の見張りに戻るとも考えにくい。第一陣でしくじったのだ。隠れ家に戻って、立て直しを計るはずである。

ならば、どこを隠れ家にしているのか？

旅籠は長逗留にむいていない。江戸市中は詮議の眼が厳しく、不逞な者たちが役人の目を避けて身を潜めるとすれば、やはり深川あたりであろう。思えば、先日も深川でまかれていた。

忠吉の勘は冴えていた。

茶屋で休もうと腰を下ろしたとたんに、剣客の三人を見つけたのだ。どこかで別れたのか、博徒風の三人は姿が見えなかった。

刺客たちは、不敵な人相にもかかわらず、自然と人混みに溶け込んでいた。いや、溶け込むために、あえて人混みを選んでいるのだろう。

もっとも、江戸で目立つには、よほど奇抜な格好をしなくてはならない。ましてや、芝居小屋や見世物で賑わう両国の広小路である。

忠吉は、床几から腰を浮かしかけ、また座り直した。

不逞な刺客たちは、見世物小屋のひとつを覗き込み、これは面白そうだと思ったのか木戸銭を払って入っていったのだ。

（しばらく待つか）

そう思ったとき、刺客たちが入った見世物小屋を遠目からうかがっている顔見知りを見つけてしまった。

眼が合った。

あっ、という顔をされた。

岡っ引きの亀三である。

若いころは手のつけられない荒くれ者であったが、忠吉が岡っ引きとして鍛え直し、いまでは息子の手下として働いている丸顔の男だ。樽に手足が生えたようなずんぐりの体軀だが、いざとなれば俊敏に動き、頭の働きも鋭い。

忠吉は、ちょいちょい、と笑顔で手招きした。

亀三は厭な顔をしたが、それでも茶屋にやってきた。

「怪しい浪人であったな」

忠吉が正面からかまをかけた。

「……なんのことでしょう？　ご隠居」

「ふ、ふふ、わしに対して、とぼけることを覚えおったか。そうかいそうかい。まあ、おまえも一人前になったもんだ」

「や、やめてくださいよ、ご隠居……」

亀三は、襟に毛虫でも放り込まれたように肩を震わせた。

「よいさ、よいさ。おまえにも立場があろうよ。わしは、ちと独り言をするだけだ。つい半刻（約一時間）まえのことだが、親父橋でこんなことがあってな」

刺客に襲われたことを話すと、亀三の眼が光りはじめた。

「ご隠居、その博徒風ってのは、たぶん〈河原の三兄弟〉ですね」

「ほう……」

　亀三によれば、親分の〈蟹の才蔵〉と子分の〈うなぎの権兵衛〉と〈ハモの太吉〉は、内藤新宿あたりで名を売った博徒で、二年ほど前から奉行所も目をつけていた悪党であるらしい。

「強請たかりはもちろん、陰では何人も殺してるはずなんですが、〈蟹の才蔵〉ってのが悪知恵の働く外道でして、はっきりとしっぽを摑ませなかったんで。かといって、あんな悪党どもを放っとくわけにもいかず、他のつまらねえ一件を使って江戸払いにするのがせいぜいだったんでさ」

　だから、あの旅装束であったのだ。

「それで、また〈河原の三兄弟〉が江戸に舞い戻ってるって報せがありやして、吉沢の旦那に命じられて、子分と手分けして捜しまわっていたところでさ」

「なるほどな。〈河原の三兄弟〉とやらはわかったが、あの浪人どもに、なぜおまえ目をつけたんだ？」

「まあ、そりゃ、なんとなく引っかかって……いや、ただの岡っ引きとしての勘なんですがね」

「ふん……」

亀三め、隠しごとをしておるな、と忠吉は思った。

三人の刺客は、なにかの疑いで手配されている。しかし、ここで亀三が見つけたのは、たまたまのことなのだ。

そして、まだ確信が持てなかったところへ、忠吉と出くわした。そんなところであろう。〈河原の三兄弟〉と三人の浪人が繋がっていることは、忠吉から聞いて初めて知ったのだ。

「さすが、よい勘だ」

「はあ……」

「そこで、亀三よ、ものは相談だが、わしが奴らのねぐらを突き止めてやろうか」

「えっ……」

そらきた、とばかりに亀三は首をすくめた。

忠吉は猫なで声で畳みかけた。

「ほれ、おまえも知ってるように、隠居は暇で暇でたまらんのさ。寂（さび）しい老人を助けると思って、ひとつやらせてはくれんか。見たところ、そちらも手が足りてないのじゃないかな」

「い、いや、そりゃ……ご隠居の腕は知ってますし、こちらも手が足りてないってのは本当なんですが、吉沢の旦那になんて……」

　もう一押しだな、と忠吉が唇を舌で湿らせたときだ。見覚えのある亀三の手下が息せききって駆け込んできた。

「ご隠居、ちょいと失礼しやす」

　茶屋から少し離れたところで、亀三は手下の報告を受けていた。

「なんだと……」

　亀三の顔色が変わった。よほどのことが起きたらしい。

　聞き耳を立てている忠吉に、ちら、と困ったような眼をくれてから、しかたなさそうに亀三は吐息を漏らした。

「ご隠居、さっきのお話ですが、お願いしてもよろしいので？」

「よしよし。よいともよいとも」

「繋ぎはどのように？」

「いらぬ。なにかわかったら、せがれの耳に届けておこう」

「わかりやした」

　亀三は手下を連れて疾風（はやて）のように去った。

（やれ、面白くなってきたわい）

しばらくすると、見世物小屋から三人の刺客が出てきた。

忠吉は、茶代を床几に残して立ち上がった。

不逞な刺客たちは、てっきり両国橋を渡るかと思っていたが、柳原通に足をむけて神田川沿いを西に歩きはじめた。

深川とは反対の方角である。

（では、こっちにねぐらがあるということか）

忠吉は気合いを入れ直した。

先日に見失ったのは、どこか遊び半分であったからだ。元同心の意地にかけても最後まで食らいついていくつもりであった。

隠れ家さえわかれば、あとは同心の息子に任せてもよい。

剣客の三人は、新シ橋と和泉橋を通りすぎて、筋違橋で対岸へと渡った。上野にむかうのかと思ったが、そのまま川沿いにすすんでゆく。

昌平橋をすぎ、湯島聖堂の前を通ると、もう武家屋敷ばかりだ。上水樋、水道橋と、どこまで川沿いを歩くというのか。ついには小石川御門が対岸に見える広小路に出てしまった。

（まさか、外壕をひとまわりするわけでもあるまい）

それとも、四谷にむかって、内藤新宿までいくというのか。〈河原の三兄弟〉が内藤新宿の博徒であったことを忠吉は思いだした。三人の刺客は甲州街道から江戸に入ってきたのかもしれない。

橋めぐりの旅は、ひとまず幕となった。

三人は、水戸徳川家の上屋敷を囲む長大な塀に沿ってすすみはじめたのだ。

突き当たりは、また川であった。

神田上水の白堀である。

ふたたび橋めぐりの旅がはじまった。

三人の刺客は、瘦軀の男を先頭にして悠々と歩きながら、ときおり川面を眺めるだけで、背後を気にするそぶりもなかった。

忠吉は、それでも用心のため、たっぷりと離れてついていった。

足がよろけたふりをして、武家屋敷の塀に寄りかかる。忠吉は耳をそばだてた。湯島聖堂の手前あたりから、何者かにつけられていると気づいていたのだ。下手な追跡で、すぐに素人だとわかった。

（わしを狙っているとも思えぬが……）

広小路をすぎたあたりで、後ろの気配は消えていた。先まわりしたのだろうか。あるいは、忠吉の気のせいであったのかもしれない。

どちらにしろ、忠吉は安心した。素人は困るのだ。下手をすれば、こちらまで刺客たちに勘付かれてしまうではないか……。

武家屋敷を抜けて、小日向の町にたどり着いた。刺客の三人は腹が減ったのか、一膳飯屋に入っていった。

忠吉も腹ごしらえをするべきであろう。

懐には弾七郎に分けてもらった握り飯があった。養子の洋太が具を工夫したものらしく、評判がよければ客に出すというが……。

一膳飯屋から眼を離さず、竹皮の包みを開いて頬張った。

「む……！」

口の中が炎上した。

握り飯には、唐辛子の粉が入っていたのだ。

弾七郎はこんなものを刺客にぶつけたのだ。凶悪な博徒といえ、これでは眼が潰れてたまらないわけである。

忠吉は咳込み、唾で口の中の火消しに努めた。ひどいことをする友垣だ。水がほしい。川水でもよかった。鼻の奥まで燃えて、眼に涙が滲む。

近くの蕎麦屋に飛び込んだ。水を頼むと、よほど忠吉の形相が恐ろしかったのか、店主は文句もいわずに持ってきてくれた。口直しに蕎麦をいただいて、ついでに酒も呑んだ。

（ああ、生き返ったわい）

人心地がつくと、外は茜色に染まっていた。

鐘の音が陰々と響く。

夜が迫っているのだ。

首筋が冷えて、ぶるっ、と身震いする。

（これだから、まだ襟巻きがいるというのに……）

弾七郎の襟巻きが、正直なところうらやましかった。

三人の剣客が飯屋から出てきたときには、すっかり陽も落ちていたが、忠吉の気力はよみがえっていた。

月の明かりが儚げである。

三人の剣客は、石切橋を渡りはじめた。

なんのつもりか、つと橋の上で立ち止まる。

忠吉の背筋がうそ寒くなった。

(これは……はめられたか……!)

ふり返りたくはなかったが、忠吉はふり返るしかなかった。

薄闇(うすやみ)の中に、旅装束の女が佇(たたず)んでいた。着物は矢柄で、饅頭笠(まんじゅうがさ)を深くかぶり、手には尺八(しゃくはち)を持っている。古町長屋を見張っていた女ではなかったが、刺客のひとりであることは容赦なく吹きつける殺気でわかった。

「おや、いい男ぶりの爺(じい)さまだね」

女は艶(つや)っぽい声で挨拶(あいさつ)してきた。

「でも、いい男は嫌いだよ」

「お、ありがとうよ」

「へえ……なぜだえ?」

緊張が、忠吉の口ぶりを伝法にさせた。

「いい男は……すぐに死んでしまうからねぇ」

すぅ、と女は前に踏みだした。

女の武器は尺八だけである。その細腕でふりまわしたところで、たいしたことはなさそうに見えた。

しかし、女が放つ凶気は一撃必殺を予告している。

忠吉も喧嘩煙管を腰から引き抜いた。

先行していた浪人たちは、橋からこちらを面白そうに眺めている。川沿いへ引き返すにしても、いつのまにか、そこには網代笠をかぶった雲水が立ちふさがっていた。

これも一味なのだろう。

女が小走りに迫ってきた。

尺八に刃を仕込んでいる、と忠吉は読んだ。刀身は、細く、薄く、軽い。恐るべき速さの斬撃が襲ってくるはずである。

闇に浮かぶ赤い唇から、ひゅっ、と鋭い息吹が漏れる。

女の手元が光った。

尺八から刃を抜いたのだ。

（やはり！）

忠吉も荒くれ者を相手に生き抜いた元同心であり、その中には剣の達人もいないわけではない。間合いさえわかれば、どうということもなかった。

刀身が細く薄いということは、長脇差よりも脆いということだ。喧嘩煙管をぶつければ、あっさり折れてしまうだろう。

女の踏み込みに合わせ、忠吉も喧嘩煙管をふった。

見事に薄い刃へぶつけた。

きゅんっ、と奇妙な音が聞こえた。

折れた音ではない。薄い仕込み刃は、驚くほどのしなやかさで反り返り――その反動で忠吉に襲いかかってきた。

忠吉の首が恐怖に縮こまる。

考えるよりも先に、半歩後ろへ退(の)いていた。

ちゅんっ、と刃先が鳴った。

痛みは遅れてきた。涎(よだれ)を垂らしたように顎先が濡(ぬ)れ、じわじわと傷口が熱を帯びてゆく。顎の肉が横に裂かれたのだ。

忠吉は、かろうじて死神の牙(きば)から逃れ得た。

「唐渡りの剣を、よく避(よ)けられたもんだね」

女は嗤う。驚いてもいるようであった。

忠吉は度肝を抜かれていた。

凄(すさ)まじい切れ味だ。しかも、あれほど強靱(きょうじん)になるとは、刀身の材質はなんなのか。からくりのバネに使われる真鍮板(しんちゅういた)でも弾力では及ぶまい。ただの鉄では、薄くすれば折れてしまう。

（鍼医が使う鍼と同じものであろうか？）

はっきりしているのは、この女が暗殺の玄人だということである。

そのとき――。

「見つけたぞ！　志水一味であるな？」

川の対岸から、吟味の声が轟いた。

石切橋へ八人ほどの武士が駆けつけてきた。役人ではない。よほど大身の家臣なのか、値が張りそうな羽織袴の整った身なりをしている。

（後ろから追っていたのは、こやつらであったか！）

忠吉は、そう悟った。

追跡の気配が消えたのは、刺客どもの行き先が絞れたか、味方の宿地が近かったためであろう。

なぜ刺客一味と敵対しているのかは、いまはどうでもよいことであった。

饅頭笠の女は、ちっと舌打ちした。

「中之介さま！」

「案ずるな、鈴女」

中之介と呼ばれた痩身の剣客は、奇妙に甲高い声で話しかけてから、殺気立つ追手の武士たちへ苦々しく吐き捨てた。

「一味とは、じつに侮辱である。志水一家と呼んでいただきたい。国の大本は農民にあらず。一族でもない。一家である。ゆえに——」

「世迷言は聞き飽きたわい！」

「問答無用！」

吠えながら、ふたりの武士が抜刀した。

中之介の両脇から、双子のような刺客たちが、ずい、と前へ踏み出した。

同時に抜刀した。同時に斬り降ろした。

ふたりの武士が、血しぶきをあげて倒れ伏した。

「犬ども、紀州から追ってきたか」

「わざわざご苦労なことだ」

双子のような刺客は嘲弄した。

「う、うぬら！」

仲間を斬られ、六人の武士たちは激昂した。

「聞く耳を持たぬなら、獣と同じである」

中之介は、むしろ哀しげにつぶやいた。

両脇に屈強な刺客を従え、ざっ、ざっ、ざっ、と無造作に前へ出た。数で勝るはずの武士たちが、思わず息を呑むほどの妖気(ようき)をまとっている。

ふらり、と倒れかけ、とん、と中之介は右足で踏みとどまった。

そのときには右手で長刀を抜いていた。

横にないだ。

武士の首が、ふたつ飛んだ。

あの細身で、長刀を竹棒のようにふりまわすとは！

凄まじい膂力(りょりょく)であった。

（よくわからんが、この隙にずらかろう）

忠吉は、川沿いの道を戻ることに決めた。

「爺さま、逃がしませぬぞ」

逃走の気を察したのか、鈴女と呼ばれた女が仕込み刀を構えた。

「ほいさ」

忠吉は、女に喧嘩煙管を投げつけた。

間髪入れずに雲水へむかった。

幸いなことに、雲水は無手である。その脇さえすり抜ければ、年季で鍛えた土地勘と江戸の闇が心強い味方である。

このあたりまでは、まだ朱引きの内なのである。

「……逃がさぬ」

芸のない台詞を吐くと、雲水は破れかけた網代笠を投げ捨てた。墨染めの衣も、ぼろ布のように崩れかけている。たしかに無手だが、牛でも絞め殺せそうな太い指をしていた。

(あの手に掴まれたらおしめえだ！)

厭な予感がして、忠吉は踏みとどまった。

忠吉も捕獲術では達人の域である。ひとりであれば、手合わせをしてもよかったが、刃物をふりまわす女だけでも面倒なのだ。

背中に迫る女の殺気を感じた。もう冷や汗どころではない。

(腕利きの剣客三人に、唐剣遣いの女に、柔術かなにかを遣う雲水ときたか……！)

しかし、忠吉の運は、まだ尽きていなかった。

「はじまっておったか！　むぅ、おのれらも志水一味の仲間だな！」

味方に出遅れたらしい武士がふたり、川下からこちらにむかってきた。ちょうど雲水の後背を襲う格好である。

　雲水が、そちらに気をとられた。

　忠吉は、ふり返った。

　女の凶刃が襲いかかってくる。

　喧嘩煙管は投げてしまった。忠吉も無手である。降参するように両腕をひろげた。

　眼に、どうしようもなく涙が滲む。

　追いつめたと思ったか、鈴女は足をゆるめた。

　忠吉は頰を窄(すぼ)めた。弾七郎からもらった握り飯を、こっそり齧(かじ)っておいたのだ。

　ぷっ、と飯粒を女の眼にむけて吐く。

「ああっ」

　鈴女は眼を押さえた。唐辛子の威力である。

　忠吉は、女の脇をすり抜けて、素早く背後をとった。しばし揉みあい、仕込み刀を手から落とさせた。

　そのまま羽交い締めにして――。

「悪いが、冥土(めいど)の散歩に付き合ってもらうぜ」

　女を巻き添えにして、忠吉は石垣から飛んだ。

武士たちの悲鳴や絶叫は、川の流れに落ちると聞こえなくなった。春の水は、まだ冷たい。老いた肉を縮み上がらせ、手足の節を軋(きし)ませた。冥土の散歩が、洒落になりそうにもなかった。

しかし、忠吉は、口の唐辛子を洗い流す水がうれしかった。

四

長部隆光(たかみつ)は、また古町長屋にきていた。

路地から遠目に眺めているだけである。

一見して、平凡な長屋にしか見えまい。が、やや小高いところにあり、後背は武家屋敷に守られている。板塀にも余計な隙がなく、長屋に出入りする者を見張りやすい構造になっていた。

まるで砦(とりで)のような長屋であった。

十人や二十人で攻めたところで、木戸を突破することは難しい。突破できたところで、長屋と長屋のあいだに誘導されて、四方から攻撃を受けて、たやすく全滅することは必至であろう。

それだけではなく、長屋の住人である老人からも、なんらかの達人と思しき異様な気配がちらほらと感じられる。

（いや……考えすぎか？）

そうかもしれない。

ともあれ、藪木雄太郎と剣を交えるのであれば、ここで戦うことは不利である。みずから地の利を手放すようなものであった。

だが……。

仇が痩せるのを待つ。

隆光は、そう決心したものの、まだ迷いがあった。

（待つ必要があるのか？　藪木雄太郎は、あのままでも強いのではないか？　もしや、私は無様に肥え太った外見に騙されただけでは……）

隆光は、考え込みながら刀の柄をいじっていた。

この刀は父の形見である。

目釘は木だ。父は鉄の目釘を好まなかった。なるほど。鍛鉄ならば、どれほど強烈な斬撃を受けても折れはしないであろう。

しかし、目釘は折れることが肝なのだ。

人の身体も心も、それは同じであった。

無理をすれば、軽傷で済むところが致命傷になるかもしれない。受けた力を逃すため、あえて壊れることが大事なのだ。刀は道具にすぎない。目釘くらい、いくら折ってもよい。

それが、陰気なほど無口であった父からの数少ない教えであった。

江戸で片腕を斬り落とされた父は、郷里に戻ったのち、村でひとつしかない鍛冶屋に弟子入りした。一心不乱に鉄を鍛え、村人が使う鍋や鎌などを作った。

やがて、村の仲間と認められ、後家の女をもらうことになった。それが隆光の母である。息子を産んだのち、母は若い男と駆け落ちしてしまった。

それからは、父とふたり暮らしであった。

父は、隆光に剣を教えてくれなかった。

だから、村の破れ寺に住み着いていたタイ捨流の剣客に教わった。

天賦があったのか、隆光は十八のころに師を追い抜き、酒毒に侵されていた師はその翌年に血を吐いて死んだ。

それからは、ひとりで技を磨いた。山にこもり、夏でも、冬でも、ひたすら剣をふりつづけた。辛いとは思わなかった。楽しいとも思わなかった。他にやることもなかったからだ。

ただ、ふりつづけた。

強くならなければ、父のようになる。そんな恐怖があったのかもしれない。負け犬となって鉄を鍛えるだけの生き方に、どれほど意味があるというのか。陰気な父と顔を合わさないため、野草を食べて腹を下そうが、足を滑らせて崖（がけ）から転落しようが、飽くことなく山通いをつづけた。

野に倒れても、

それで死んだとしても、

だからどうした、と常に思っていた。

日増しに強くなる息子を見て、父は忌々（いまいま）しそうな顔をした。

それでも、鍛冶場では赤熱した鉄を淡々と鍛え、体力に衰えを感じるようになると、隆光のために刀をひとふり鍛え上げてから、さくりと病死した。

偏屈で、笑ったことのない父であった。

口を開けば、自分の腕を斬り落とした藪木雄太郎への恨み言である。それを隆光は子守歌代わりに聞かされて育った。

藪木雄太郎さえいなければ、どれほど輝かしい出世を遂げることができたか。

なのに、すべてを奪われた。

なにもかもなくした。

呪詛のようにそう繰り返す父の陰惨な眼を、隆光は忘れたことがなかった。

「誰だ？」

隆光は、ふり返って誰何した。

板塀の陰から、顔色の悪い浪人が姿をあらわした。

「隆光よ、奇遇である」

「……あんたか。大坂では世話になったが」

顔色の悪い浪人は、志水中之介という。

若く見えるが、歳は四十あたりであろう。

摂津大坂を根城とし、和泉、紀伊、河内と周辺の国にまで悪名を轟かせている〈志水一家〉の首領であった。

隆光は、江戸を目指して船で大坂まではたどり着いたが、そこで路銀が尽きてしまい、なんとしても働いて稼ぐ必要があった。

剣術しか知らない男だ。できることなど、たかがしれている。食客として手ごろな道場に転がり込めるほどの小知恵もなかった。

困窮極まった末に、父方の遠戚にあたるという志水中之介を頼った。大坂に、そんな剣客がいると、父から聞いていたことを思いだしたのだ。

刺客一味の首領をしていることは、中之介と逢えたときに初めて知った。どこかで長部隆光という若者が捜していると耳にしたらしく、あちらから興味を示して出向いてくれたのだ。

そうでなければ、世間の裏に無知な隆光では、手がかりの欠片すら摑むこともできなかったであろう。

ともあれ、隆光は路銀の恩を得た。

だから、裏稼業も手伝った。

ただし、一回だけだ。相手は手練れの武士で、弱者を泣かす悪党だと確信していたが——人斬りは人斬りであった。

「なに、助かったのは、こちらである」

中之介は、人懐っこく微笑んだ。

「中之介殿は、なぜ江戸に？」

「そなたと同じである。敵討ちである」

「あんたが？　しかし……」

「紀伊の国で世話になった恩人が、江戸で卑怯(ひきょう)な罠(わな)にかけられ、獄門(ごくもん)にかけられたのである。そして、そなたが同じ仇を狙っていることも知った。奇遇である。奇縁である。だが、奇遇や奇縁も重なれば、すでに運命である。――そうは思わぬか？　なにしろ、我らは、すでに一家ではないか？」

隆光は、かぶりをふった。

「家族になった覚えはない」

水のように淡い縁で、他人のような遠い親戚(しんせき)にすぎないのだ。

「……そうであるな。客分であったな」

中之介は、寂しげに目を伏せた。

「それで、私になにか？」

「そのことである。我ら一家を手伝ってはくれまいか？　江戸に入る手前で破落戸(ごろつき)を三人ほど雇ってみたが、しょせんは素人である。使い捨てにしかならぬ」

「他の奴らもきているのか？」

隆光は男らしい眉をひそめる。

「我らは一家である。けして離れ離れにはならない。だが、すでにふたりも欠けてしまった。ひとりは死に、ひとりは生死も知れず。哀しいことである。ゆえに、あの老人どもは必ず報いを受けねばならぬ」

志水一家には、九人の刺客がいた。

斬殺、絞殺、撲殺、爆殺、毒殺など、手段を問わず、身分を問わず、容赦なく確実に暗殺することで、顧客の信用を得ている。

血のつながりはなくとも、強い連帯感によってむすばれ、誰かが傷を受けたが最後、執拗に相手の命を狙うことで同業者からも怖れられていた。

（それを、あの老人たちが？）

隆光には、とても信じられなかった。

「藪木雄太郎は、そなたに任せよう。我らは、忠吉と弾七郎という老人を始末できればよいのである」

老人たちは、どこかに身を潜めているらしい。

だが、江戸はひろく、彼らの庭のようなものである。

中之介は、剣の腕だけではなく、頭も恐ろしく切れる男であった。どうやら、隆光よりも先に江戸入りしていたらしく、老人たちを見つける手段もすでに考えているのだろう。

同行すれば、必ず藪木雄太郎にも会えるはずだ。

中之介の誘いを断れば、先に仇を斬られてしまうかもしれない。それだけは避けたいところであった。

「よかろう」

隆光はうなずいていた。

「かたじけなし」

中之介は、うれしそうに破顔した。

五

町奉行所の同心詰所は、たてつづけに起きた斬殺事件で騒然としていた。

(……面倒なことになった)

吉沢吉嗣は、涼しげに整った顔をしかめた。

縞の着物に黒羽織で、袴はつけていない。腰の刀は一本差し。寡黙で表情に乏しいものの、すらりとした立ち姿は不浄役人らしからぬ気品があり、町の女たちにも評判がよいという。

四日前のことだ。

大坂町奉行所から〈志水一家〉という刺客団が江戸へむかったとの通報を受けて警戒していたところ、〈河原の三兄弟〉まで江戸に戻ってきたと報せが入り、吉嗣は岡っ引きの亀三とともに三兄弟の潜伏先を捜しまわっていたのだ。

昨日になって、それが判明した。

亀三の手下が、浜町堀(はまちょうぼり)の高砂橋(たかさごばし)下で三兄弟の無残な斬殺死体を見つけたのだ。その報せを受けたとき、亀三は両国広小路で吉嗣の父と出くわしており、父は亀三の代わりに怪しげな浪人たちをつけていったという。

(隠居のくせに、血が騒いでしかたがないのだ)

吉嗣も、そのときは苦々しく思っただけであったが、腕のよい同心であった父からの繋ぎがなかったことは胸の隅にひっかかっていた。

しかし、町奉行所も、老人の道楽を気にしているどころではなかった。

これも昨日のことだ。

通油町(とおりあぶらちょう)で武家姿の男が殴り殺され、下手人と思われる力士が長屋や商家を破壊して逃亡したのだ。どうやって消えたのか、天を衝(つ)くばかりの巨漢だというのに力士の行方は途絶えてしまった。

吉嗣の同僚が現場を改めたところ、奇妙な矢立が落ちていたという。煙硝(えんしょう)の匂いが鼻先をくすぐり、不審に思って調べてみると、これが一種の鉄砲であった。護身用にしても物騒である。こんなものは暗殺にしか使えまい。

吉嗣を困惑させたことに、下手人らしき力士は、父の友垣で役者を生業としている弾七郎を追っていったという。ただし、吟味しようにも、肝心の弾七郎は長屋に戻っていなかった。

殺伐とした事件はつづく。

昨夜、小日向の番所から八人の武士が殺されたという通報が飛び込んだ。剣戟の音を聞きつけて、町屋からこっそり覗き見していた町人の話によれば、下手人は浪人三人と雲水と芸人女であったという。

殺された者たちは、すべて紀伊の侍であった。体面をおもんばかってか、それは秘するようにと上から強く通達されていた。

しかも、現場には、父が愛用していた喧嘩煙管が落ちていた。小日向まで足を運んだ亀三が確認したことだから、まちがいはなかった。

紀伊の侍が、なぜそんなところにいたのか？

亀三が見かけ、父がつけたという浪人たちは何者なのか？

（父上、なにをしたのですか！）

もしや、と疑念がわいて調べてみると、やはり父の友垣である藪木雄太郎もしばらく長屋に戻っていないという。

藪木道場の勘兵衛も、父親の居場所は知らないようで、なぜか鬼の形相で道場にこもっているという話であった。

厭な汗が、端正な顔にじわりと滲んだ。

「なにもかも、後手にまわりすぎだ」

思わず声に出してしまった。

不審と同情を交えた同僚たちの眼が痛かった。

暇を持て余した三匹の隠居たちが、またもや巷（ちまた）の事件に巻き込まれ——いや、嬉々（きき）として顔を突っ込み、好き勝手にかきまわしているのだ。

そうとしか、吉嗣には思えなかった。

六

湯屋の二階で休んでいるところであった。

（やはり、死ぬしかあるまい）

雄太郎は、そう思い定めていた。

ふたりの友垣とは、ここで合流することになっていたが、まだやってくる気配はなかった。雄太郎は気にしなかった。幼子ではない。しぶといじじいどもなのだ。

昨日も今日も、ゆったりと熱い湯に浸かった。目方を減らすため、身体中の水気を絞り出しながら待っていた。

「おや、立派なお身体ですな」

見知らぬ老人に話しかけられた。

人のよさそうなシワ顔が笑っている。小太りの老人であった。歳は、雄太郎よりも十は上であろう。わずかに上方の訛りがある。寒がりなのか、湯の熱気で床がぬくめられているというのに、分厚い綿入れをはおっていた。

「おひとつ、いかがでしょうか？　あたしは薬問屋の隠居で、安兵衛と申します。まま、老人と老人、今後ともよしなに」

安兵衛は、雄太郎に徳利の酒をすすめてきた。

隠居の道楽で、江戸見物にきたのかもしれない。退屈して、話し相手がほしかったのであろう。珍しく他に客の姿はなく、茶汲みをしたり菓子などを売る二階の番頭もいなかった。

「うむ。わしも隠居だ」

雄太郎は、空になった湯呑みで徳利の酒を受けた。

湯船で絞った汗をとり戻すことにはなるが、これを断っては失礼になる。

「それはそれは。あなたは、どのようなご稼業を？」

「剣の道場を」

雄太郎のことは相撲取りとでも思っていたのだろう。

安兵衛は、ほう、と細い眼を見開く。人あしらいに長けた商人らしく、嫌味な感じはまったくしなかった。

「武家への奉公ではなく、みずからの腕のみで生きる道を選ばれたのですな。隠居されるまで生きておられるとは、さぞお強いのでしょうな」

「さて……」

雄太郎は、茶碗の酒を一気に干した。

「同じ商売……いえ、失礼。そのような生き方を長くされていると、人から勝負を挑まれたりもするのでしょうか？」

「うむ。ずいぶんとな」

「では、その……恨みを買うようなことも多いのでしょうなあ」

うむ、と雄太郎は重ねて肯定した。

隠居の好奇心が強いことは、西でも東でも同じであった。安兵衛は、そうですかそうですか、と何度もうなずき、さらに問いを重ねた。

「しかし、辛くなることはないのでしょうか？」

「辛く？」

「ええ、あたしなども、これでも商売人のはしくれですから、商売敵と競ることも多くありました。利のためとはいえ、相手を潰すようなこともしてまいりました。それで、後悔と申しますか、後ろめたさと申しますか……夜中などに、ふと息苦しくなって目覚めることもあって……競り負けて首をくくった商売敵たちが、化けて恨み言でもするのではないかとさえ……」

「ない」

雄太郎は短く断じた。

「はあ、ありませんか」

「後悔や後ろめたさはないが……」

「ないが？」

安兵衛の眼に奇妙な光が宿る。

「このまま、のうのうと生きていてよいのか……と思うことはある」

「ああ、やはり」

どこか安堵したように、安兵衛はうなずいた。

湯に浸かりすぎたせいか、雄太郎は軽い眩暈を覚えた。酔ったはずはない。まだ一杯しか呑んでいないのだ。

「うむ、やはり……」

「やはり……なんでしょう？」

雄太郎は、独り言のようにつぶやいた。

「死ぬしかあるまいな」

安兵衛に話しかけられるまで、ひとりでぼんやりと考えていたことが、つい口からこぼれてしまった。

これは本当に酔っているのかもしれない。

雄太郎の身体が舟をこぐようにゆれている。

「死ぬしか？　それは、生きていては申し訳ない、ということでしょうか？」

「かも……しれぬ」

雄太郎は言葉を濁した。

商人に話してわかることでもないだろう。

役者の弾七郎は虚実の狭間(はざま)に生がある。元同心の忠吉には実しかない。雄太郎には、虚も実もない。無しかなかった。

無ではあっても、身体は生きてはいる。

生きる者であるかぎり、この身が瘦せることはあるまい。その思いは日に日に高まり、もはや確信に近いほどになっていた。

だが、どうやって死ぬというのか？

（剣の道を捨ててもよいのではないか？）

と、雄太郎はふと思ったのだ。

天下無双。

剣士ならば、誰もが憧(あこが)れる称号である。名をあげるには、おのれの力を証明するしかない。しかし、高名な剣士とはたやすく手合わせすらできない。ならば、孤高を叫ぶしかないではないか……。

ならば、ならば――。

べつの道を選びなおしてもよいのでは、と。

ましてや隠居の身である。

なぜ、道はひとつしかないと思い込んでいたのか……。

もう、よいのではないか……。

この肉体が太ることによって、それを告げてくれたのではないか。これも試練だと受けとったのは、ただの勘違いであったのかもしれない。

古来より、剣士は天狗(てんぐ)から秘剣を授かるという。真(まこと)であり、嘘(うそ)でもある。厳しい修行で極限を体感すれば、誰もが神秘の力を得られたと考える。その力を駆使すれば、一刀によって天さえ裂(さ)けるのではないかと錯覚する。

ひとつの道を極める者は狂人である。

そうでなければ、一里塚にさえ到達できない。それゆえに、まわりの者を傷つけ、死すらも与えることがある。

いや、そんな青臭い煩悶(はんもん)は、とうの昔に斬り伏せたはずであった。

だが、雄太郎は気づいてしまった。

剣の道に、なにかがあるわけではない。無である。虚無に耐えられねば、天下無双への信仰によって、自滅してしまうであろう。

なにも、ないのだ。

強くなるために人であることを捨てる。

それこそ驕慢(きょうまん)の思想である。人は人にしかなれない。身が焦がれるほどに望んだとしても、けして鬼にはなれない。

いまさらに惑う。子供のように迷う。

(これが老いというものなのか……)

べつの道を選ぶ。

それは剣士としての死ではある。

それでよいのではないか……。

人が人でさえあれば……。

市井が豊かになれば、武道は卑しめられるものだ。平和なのだ。誰も命のやりとりまでは望んでいないのだ。僥倖(ぎょうこう)にも、この歳まで生き延びた。このまま、穏やかに朽(く)ちてゆけば……人として生きても……。

「ならば、よろしゅうございましたな」

「む?」

雄太郎は、いつのまにか閉じていた眼を開いた。

安兵衛が禍々しい笑顔を見せている。

「あなたは、このまま死ねるのですからね」

「う……うぅ……」

湯あたりでも酔いでもなかった。

眼の前が、紗がかかったように薄暗くなった。

手足がしびれ、呼吸が苦しかった。

「よくまわるでしょうな」

嘲笑が聞こえた。

「唐渡りの薬をもとに、強い薬効のある野草をいろいろと混ぜたものでございますよ。薬もすぎれば毒となります」

酒にいっぷく盛られていたのだ。

脂肪の厚い背中から、どっと熱い汗が噴き出す。毛穴という毛穴が喘いでいるようであった。帯の鉄扇を握ろうとした。ごとりと畳の上に落としてしまう。飛びかかろうにも、思うように身体が動かなかった。

安兵衛は、半ば腰を浮かせていた。襲われたら、いつでも飛びのけるように、抜け目なく用心しているのだ。

「老いて死ぬのは善きこと。先に生れ、先に死ぬ。あたりまえのこと。若いものに道を譲り、おとなしく死ぬべきなのです。みな生きるだけで精いっぱいなのですから、老人が足手まといになってはなりません」

刺客の老人は嗤っていた。

死神の顔で。

雄太郎は吐いた。酸っぱい胃液が少し出ただけであった。

「なに、寂しいことなどありません。あちらには、いくらでも知った顔がありましょうよ。いくら亡者で満たされても、地獄の釜の蓋が割れることなど――」

意識を失う前に、雄太郎は手刀を一閃させた。

安兵衛は素早く身をひいた。

指先が、かろうじて安兵衛の顎先をとらえた。それだけで、老刺客の首がねじれ、ごきり、と不吉な音をさせた。

嗤ったまま、安兵衛は即死した。

雄太郎は、それを見届けてから、深い闇に呑み込まれていった。

第三話　脱出と死闘

一

煮えていた。


長火鉢に載せた鉄瓶が、くつくつと煮え立っていた。しゅらしゅらと白い湯気も注ぎ口から噴き上がっている。

忠吉は、かん、と煙草盆に煙管の雁首をたたきつけた。

弾七郎は、珍しく陰惨な顔でうつむいている。

雄太郎は、布団に転がされて虫の息であった。

それぞれの機転で窮地を脱してきた三匹は、地本問屋〈瑞鶴堂〉の奥部屋に身を潜めているのだ。ただの地本問屋ではない。将軍直属の密偵である御庭番衆が利用する隠密宿であった。

しかも、店主の藤次郎は、忠吉の女房の甥なのである。潜伏先として、これより都合のよいところはなかった。

「なにもかも……私の不手際でした」

瑞鶴堂の奥で、息子の吉嗣は畳に眉目をこすりつけている。

悔恨と慙愧で、その背中がふるえていた。

無理はない、と忠吉は思った。

(他所からきた無法者どもに、ここまで好き勝手にやられたのでは、江戸町奉行所の沽券に関わるというものだ)

吉嗣は、江戸市中を護るべき同心として、後手後手にまわりつづけたことを悔いているようであった。

忠吉は、溜め息とともに煙を吐く。

かんっ！

煙草盆に雁首をたたきつけた。

しかし、この重苦しい雰囲気は、それだけのことではなかった。

お琴とお葉。

そして、朔までも……。

三人の女が、志水一家に勾引かされてしまったのだ。

忠吉が、小日向で命を拾ってから、四日ほど経っていた。

あのときは、忠吉も川の流れに身を任せるしかなかった。道連れにした女刺客は気絶していたから、顔を水面に浮かせるように抱きかかえて泳いだ。外壕の神田川より、上流は川幅が狭く、流れは急であった。

刺客一味の追撃はなかった。侍の仲間が、また川下から何人か駆けていったので、逃げることを優先したのであろう。

二町（約二百十八メートル）ほど流されたところで、河岸に繋がれている小舟を見つけた。拝借することにした。なに、あとで返せばよいのだ。

小舟に引き上げてから、女刺客の手足を縛った。ついでに懐を探ってみたが、他に武器は持っていなかった。櫓を操って外壕へ出ると、下流にむかって小舟をすすめ、新シ橋の手前でとめた。

そのころには、女も気絶から覚めていた。小舟の底で釣られた魚のように転がされて、寒さにふるえていた。

着物はずぶ濡れで、夜は冷えに冷えていく。忠吉の肩や腰も堪え難いほど軋んでいたが、櫓を漕ぎつづけていたから、まだましであった。身体を動かしつづければ、夜でも汗ばむほど暖かい。

女は、じっとしているだけに、よけい辛かったはずだ。可哀想だが、騒がれたり暴れられたりするよりはよい、と忠吉は心を鬼にした。

とはいえ、木戸が開く明け六つ（午前六時頃）を待ってはいられない。忠吉は、ほどよく弱った女を背負って、顔見知りの木戸番に孫が病気だと偽って通してもらい、瑞鶴堂へ逃げ込むことができたのだ。

店主の藤次郎は、たたき起こされても厭な顔はしなかった。そこは御庭番衆である。女を連れ込んでも、忠吉の話を聞いただけで、顔色ひとつ変えない。

忠吉は、濡れた着物を替えてから、熱い湯漬けを食わせてもらった。ようやく人心地つけると、女刺客を番所に突きだすべきか思案した。藤次郎と相談して、奉行所には頼らないことに決めた。

刺客一味は、武士の集団と戦っていたのだ。しかも、武士のほうが斬られていた。武家の体面に関わることだ。下手人を突きだしたところで、真相は闇に葬られるだけであろう。女刺客には、まず忠吉が尋問してみるべきであった。

女刺客は藤次郎に任せ、忠吉はひと眠りした。起きると、昼をすぎていた。昨夜の無理がたたって、老いた節々が苦情を訴えていたが、二匹の友垣(ともがき)と合流する約束を思いだしていた。

だが、忠吉が湯屋に入ったときであった。二階から番頭の悲鳴が聞こえた。忠吉が駆け上がると、番頭は茫然(ぼうぜん)と立ち尽くし……。

雄太郎が、うつ伏せに倒れていたのだ。

小太りの老人も倒れていたが、古町長屋(こまちながや)を見張っていた刺客のひとりだと忠吉は気づいた。小太りの老人は、不自然に首をひねった姿勢で死んでいた。

雄太郎は生きていたが、異様な高熱を発していた。苦しげに息も絶え絶えで、巨軀(きょく)が汗まみれになっている。外傷はない。毒だ、と忠吉は考えた。

忠吉は、番頭を怒鳴りつけ、町の番所へ人をやらせた。死体は役人に任せ、忠吉は、大八車(だいはちぐるま)で雄太郎を瑞鶴堂まで運ぶことにした。

御庭番衆ならば、よい毒消しを持っているかもしれないと思ったのだ。

しかし、藤次郎にも、毒の正体はわからなかった。毒消しを飲ませて、少しだけ雄太郎の容態は落ち着いたが、熱は下がらず、汗も止まらなかった。あとは老剣客の体力に賭(か)けるしかない。

そのとき、弾七郎がふらりと瑞鶴堂にやってきたのだ。

弾七郎も刺客に狙われ、からくも逃げることができたのだという。昨日は、芝居町の知己を頼って隠れていたが、読むものが芝居台本しかなく、それにも飽きて、地本問屋にやってきたらしい。

忠吉は、もはや限界であった。

そして、ようやく二日ほど寝込むことができたのだ。

忠吉は、腹腔を焼く怒りに耐え、苦衷の息子を慰めた。

「吉嗣よ、おまえのせいではない。〈志水一家〉などという西の外道どもが、わしらを狙っていたなど、誰にもわかるはずがなかったのだ。わしだって、おまえには報せていなかったのだしな」

「しかし、父上……」

瑞鶴堂に吉嗣が訪れたのは、湯屋で死んでいた老人が刺客団のひとりだと町奉行所に報せてから、三日後のことであった。

うかつに外を出歩けず、言付けは瑞鶴堂の奉公人に頼むほかなかった。弾七郎も〈酔七〉の洋太へ、しばらくは寄れないと伝えさせていた。

吉嗣の後ろに、その洋太も頭を伏せていた。

「親父さん、すいやせん！　お、おれがついていながら……」

何度も畳に額を叩きつけ、嗚咽を漏らし、すすり泣いていた。

弾七郎は、陰惨に顔をうつむけたままである。

洋太の話によれば、縄のれんを揚げる前の居酒屋に、お葉、お琴、朔の三人が顔をそろえていたという。

「親父さんたちがいなくなって、三人とも心配してて、愚痴をこぼしあうために集まってたんでさ。朔さまは、おっかさんが呼んだんですが、忠吉さまのことは気にかけておられたようで……」

そこへ、ふたりの浪人と芸人風の女が押し入ってきた。洋太は気絶させられ、刺客一味は女たちを拉致していった。

酔七で倒れていた洋太を見つけ、すぐに気付けを施したのは、町の見回りにきた岡っ引きの亀三であったらしい。

「ばあろい、てめえがいたからって……なにができんだよ」

弾七郎の声に力はない。顔を上げようともしなかったが、忠吉も涙ぐみたくなるほど優しく、養子への労りが込められていた。

「なあ、同心の旦那よう、奴らは、おれに許婚がいたことまで知ってやがった。ずいぶん昔のこったから、そのへんで聞きかじったはずはねえ。誰か調べた奴がいたにちげえねえんだ」

「わかっております」

吉嗣は、顔を上げてうなずく。

件の刺客団が、大坂で〈志水一家〉と呼ばれていることを、忠吉と弾七郎はこの同心から聞かされていた。

数は九人であったという。ならば、残りは六人だ。ひとりは味方に殺され、ひとりは雄太郎が殺し、ひとりは忠吉が捕えている。

親父橋で隠居三匹を襲った〈河原の三兄弟〉も無残な死体で発見されていた。役立たずと見做され、足手まといになる前に始末されたのであろう。

忠吉は、息子に訊いた。

「小日向で志水一家を襲った侍たちは、どこのご家中なのだ?」

「はい……」

吉嗣は、ためらいのそぶりを見せたが、こうなっては隠すことでもないと肚をくくったようであった。

「紀伊徳川殿のご家中でした。志水一家の江戸入りを大坂町奉行が報せてきたのも、おそらくは、そこからのようです」

　忠吉は眉をひそめた。

「紀伊の国か。ひっかかるな」

「はい、私もです。弾七郎殿のことといい、もしや、昨年の一件が関わっているのではないかと」

「うむ……」

　昨年の一件とは、紀伊屋の宗右衛門という商人が、紀伊徳川家の江戸詰用人と結託して公金を横領したことが発覚し、獄門台送りになったことである。

　宗右衛門は、弾七郎の女房であるお葉の元許婚でもあり、三匹の隠居たちに裏の仕事を邪魔されたことを逆恨みして、お葉を勾引かして忠吉たちを破滅させようとしたのだ。

　宗右衛門の企みは、三匹の隠居たちによって挫かれた。公金を横領した江戸詰用人は自害し、紀伊徳川家で内々に処分されていた。その裏には、紀伊徳川家の前当主と現当主の実権争いが絡んでいたというが……。

「紀伊屋が潰れたのち、誰がどうなったのか、亀三に急ぎ調べさせようと思います。

あとは、父上の捕えた女が隠れ家を吐いてくれれば……」

瑞鶴堂には隠し牢もあり、女刺客はそこに押し込められている。だが、濡れた着物で一晩すごしたせいか、発熱して尋問どころではないようであった。

「吉沢の旦那……おれにも、なんかお手伝いできることはありやせんか？」

洋太の眼は据わっていた。

「洋太ぁ、おめえは酔七に戻んな」

「で、でも、親父さん……」

「お葉は、おれが助けらあ。だから、安心しろい。だから……だからよぅ、おめえは、ちゃんとすんだよ。商いに戻るんだよ。でなきゃ、お葉が安心して戻ることができねえだろ？　ああ？」

「お、親父さん……」

洋太は、くしゃ、と情けなく顔をゆがめた。

忠吉も、それがよいと思った。

素人がどうこうできるようなことではないのだ。

「もし帰るのであれば、洋太、すまないが本郷までいって、勘兵衛を呼んできてくれ。雄さんの世話を頼みたい」

「聞こえたな？　そら、とっとと戻りやがれ！　でなきゃ、親子の縁切ってやらぁ！」

弾七郎は、なおも泣きじゃくる洋太を蹴り転がすようにして追い出すと、眠りつづけている雄太郎の枕元に座り込んだ。

「忠吉っつぁんよぅ……おりゃ、ずっと雄の字を心配してたんだよ」

ぽつり、と老役者はつぶやいた。

「おりゃ、役者だ。役者だから、狂ったふりだってできらぁ。役を演じても、役に飲まれるこたあねえ。狂ったところで、なんてこたあねえ。……だがよ、おい、剣客はどうだ？　雄の字は強え。だけど、耄碌するってこともある。歳なんだからよ。で、狂った剣客は誰が止める？　じつのところよぅ、雄の字は、ずっと死に際を探してたんじゃねえのか？　手強い刺客に狙われて、これ幸いってなもんで、勝手に幕引きを考えてんじゃねえか？」

「弾さん……」

じつは、忠吉も似たような思いを抱いていた。

老いた剣客は、どこへいくのか？

あるとき、死期を悟った老猫が、飼い主のところから姿を消すように、ふっと消え去ってしまうのか……。

「ばあろう、寂(さび)しいじゃねえか。おりゃ、寂しがりなんだ。誰ひとり、おれより先にゃ死なせねえ。おれが寂しいじゃねえかよ」

弾七郎は、ぱんっ、と自分の頰(ほお)を両手ではたいた。気合いが入ったのか、矮軀(わいく)が勢いよく立ち上がる。

「ようし……戦(いくさ)だな」

物騒な物言いであった。

「西からきやがったガキどもにゃ、ちゃんと教えてやんなきゃな。じじいを怒らせたツケはでけえってよぅ」

忠吉は心配になって訊いた。

「弾さん、どこへ?」

「ちょいと長屋へな。とってくるもんがある」

弾七郎は、不敵に笑って出かけていった。

忠吉は、息子と顔を見合わせた。

「父上、弾七郎殿はなにを?」

「さて、な。吉嗣、そんなことよりも……」

吉嗣の顔に生傷を見つけ、じっくりと眺めた。

「ふむ、小春めにやられおったか」

「……父上が屋敷からお逃げになったので、こちらが引き受けざるをえず、このような有り様です」

やや怨じるように、吉嗣は答えた。

昨年の秋に復縁した忠吉の女房は、『吉沢家の男を鍛え直します』と息巻いて、忠吉と吉嗣は屋敷の庭先での稽古を強要されていたのである。

小春は、元御庭番であった。

その役目柄、敵地に潜伏することも多い。仲間の手助けがないときには、ひとりで窮地を切り抜けなければならず、さまざまな武技を習得していたのである。とくに体術は達人の域であった。

「わしが、いまさら教えを乞うてどうなるものでもなかろう。おまえもお役目があると、うまく逃げればよいではないか？」

「父上は、それで逃げられましたか？」

「……無理であろうな」

「そうでしょう」

「もしや、武造めもか？」

「いえ、あれは要領がよく逃げまわっています」

「侮れぬ孫よ。そのあたり、わしらに似なかったということか」

「まったくです」

久方ぶりに親子の会話を交わしていると、瑞鶴堂に予期せぬ珍客があった。

噂（うわさ）をすればなんとやら……。

「はい、お邪魔しますよ」

小柄な女であった。

歳を考えれば、すでに老婆であるはずだ。が、背筋はしゃんと伸び、髪は黒々と結い上げられている。顔は小さく引き締まり、鼻筋もすっきりと通って、猫のようによく光る眼をしていた。

よく見れば、顔のいたるところにシワはあった。それでも、はじめからそうであったかのように、自然な形で美しく刻まれているのだ。

とても五十歳を超えた女とは思えない。

四十歳とも、三十歳とも、見えなくはなかった。外の陽射（ひざ）しや、部屋の灯（あかり）によって、ともすれば二十歳そこそこの生娘に見えることすらあって、そのたびに忠吉は見蕩（みと）れてしまうことがあるのだ。

「お、おまえ……！」

「母上」

　忠吉の女房――小春であった。

　その後ろで、藤次郎が申し訳なさそうに頭を垂れている。この叔母には頭が上がらず、すべてを報せるしかなかったのであろう。

　小春は、ちろ、と忠吉をにらんだ。きつい眼差しだが、いまだに雄をぞくりとさせる艶を含んでいた。じつに恐ろしい女である。

「おまえさん、いまは細かいことを抜きにしますよ。まさか、あんな戯けたことで、拗ねてしまうとは思いませんでしたけどね」

「ぐぅ……」

　忠吉は低くうめいた。

　吉嗣が、なにか問いたそうに忠吉を見ていた。同心屋敷から長屋へ移るとき、そのわけを家族には話していなかったのだ。

「藤次郎、案内しなさい」

「はいはい、叔母上」

「小春、なにをするつもりだ？」

「おまえさんが捕縛した女に破落戸の隠れ家を吐かせるのさ。さあ、ぐずぐずしちゃあいられませんよ。ええ、あたしの孫を勾引かしたんだ。その報いは受けていただきましょう」

忠吉には是非もなかった。

藤次郎は、小春を先導して、隠し牢へ案内していった。

「父上、私はお役目に戻ります」

「う、うむ……」

吉嗣は、そそくさと立ち去った。

忠吉は、小春の尋問に立ち会う気にもなれず、ここで待っているしかなかった。御庭番衆は、冷酷無残な拷問術も熟知しているのだ。

(どんな尋問になるのか……)

忠吉は、心の底から震え上がった。

二

雄太郎は、夢を見ていた。

高熱に浮かされ、毒に侵された巨軀を汗まみれにして、死の淵をさまよいながら、忘れられない顔を思いだしていた。

ずいぶん昔のことだ。

享和であったか、文化になったころであったか、雄太郎もはっきりとは覚えていなかった。季節すら定かではない。江戸は乾いて火事を頻発させ、かと思えば暴風雨が襲って家屋をなぎ倒していた。

そのころ、雄太郎も三十の半ばになっていた。

全国の剣術道場を訪ね歩き、数多の剣士と命をかけた仕合を重ね、剣技は精妙の域に達していた。十数年にもおよんだ武者修行の旅から江戸へ戻ると、本郷にある〈藪木一刀流〉道場を継いでいた。

旅のあいだに父は亡くなったのだ。

江戸で少しは名を知られた剣客も、中間同士の喧嘩に巻き込まれて腹を刺され、その最期はあっけないものであったという。

剣客は強さがすべてだと思っていた。

どれほど父が強かったか、どれほど剣の鬼であったのか、幼いころから厳しい稽古で叩きのめされた雄太郎は身に染みて知っていた。

それでも、あっさりと死んでしまうのだ。

（剣術など、たかがしれている）

虚無が胸をえぐり、そこを埋めるものを見つけられなかった。

だから、父が遺した道場などほったらかしにして、毎日のように本郷から足を伸ばして深川をぶらぶらしていた。

江戸の材木を一手に引き受け、富岡八幡宮の門前町が賑わっているとはいえ、深川の盛り場が興隆を極めるのは、まだ先のことである。

田沼意次の賄賂政治を糾弾した松平定信は辞していたが、老中首座の松平信明は〈寛政の遺老〉と呼ばれ、定信の倹約政治を継続させていた。

米の価格は下落の一途で、幕府の介入もたいして功を奏せず、扶持米で暮らさなければならない武家の懐は凍てついていた。

江戸の灯は暗かった。

盛り場もそうである。

岡場所を潰されて深川まで逃げてきた私娼は多く、堅苦しい市中にうんざりして永代橋を渡ってくる酔狂な客も少なくはなかった。

雄太郎には、深川の泥臭い風が心地よかっただけである。

暇だけは有り余っていた。

材木場だけに水路が多く、釣り竿をこしらえて針と糸を垂れてみた。魚は逃げるばかりで、一匹も釣れたことはない。それでも、性に合っていたのか、毎日でも飽きることがなかった。

そんなある日——。

雄太郎は、陽岳寺の裏手で諍いの声を聞いた。

（魚が逃げるではないか）

竿をしまって、諍いをやめさせることにした。

しかし、雄太郎は眼を見張った。

富岡橋の手前である。小柄な女が、荷卸し人足をふたりも相手にして、派手な大立ちまわりを演じていたのだ。

女は粋な着流し姿で、頭に手ぬぐいをかぶっている。男物の着物をまとっていたが、動きといい、骨格といい、剣士の眼をごまかせるものではない。威勢のよいイナゴのように跳ねて、三尺帯の人足を殴りつけ、ふりまわされた拳を軽やかに躱し、小気味よい蹴りをいれていた。

雄太郎が出る幕もなく、人足たちは這うように逃げていった。

（船饅頭の残党か。それにしては乱暴な）

船饅頭とは、小舟を使って稼ぐ安い私娼のことだ。江戸市中での取り締まりが厳しくなると、深川にも流れてくるようになっていた。

「ふん、深川の女を嘗めんじゃないよ。こちとら芸者だ。芸が売りもんさ。好きな男にゃ抱かれても、身体は売らねえんだ。覚えときな」

女芸者が啖呵を切ると、三味線を抱えた仲間らしき女が駆け寄ってきた。

見たところ、荷卸しの人足たちが三味線芸者に無体を働こうとしたところ、お俠なほうの女芸者が助っ人に入ったのであろう。

「いつもありがとう、峰吉さん」

「ああ、いいってことよ」

女の名は、お峰とでもいうのか。深川では、お上の摘発をすり抜けるために、男名を用いていると聞く。

三味線の女が何度もしつこいほど礼を重ねて立ち去ると、峰吉は暴れて汗をかいたのか、かぶっていた手ぬぐいをとって頭をあおいだ。

驚いたことに、女は頭を丸めていた。坊主頭である。つるつるではなく、一寸（約三センチ）だけ伸ばした青坊主といったところである。

やがて、雄太郎が見ていることに気づいたらしい。

「おれに、なにか用かい？」

挑むような眼でにらみつけられた。

雄太郎はかぶりをふった。

「強いな。そう思って、感心していただけだ」

「だからなんだい？　強いことが、そんなに偉いのかい？」

「いや、もったいないな。もし男であれば、そして、よい師について剣を学べば、仕官の道も拓(ひら)けるであろうに……と思ったまでよ」

それほどの天稟(てんぴん)を女から感じたのだ。

峰吉は、鼻先で嗤(わら)った。

「あんたは？　仕官したいのかい？」

「おれは、ただの剣客でよいのさ」

「ふん、かっこつけやがって……」

捨(す)て台詞(ぜりふ)を吐いて、お俠な女芸者は立ち去った。

雄太郎は、釣りに戻った。なにか鮮烈なものを見てしまった気がして、妙に気がそぞろであった。

あれほど色気とは縁遠い女に惚れたわけではない。

この歳になるまで、雄太郎が激しく心をゆさぶられた女は、たったひとりしかいなかった。いまでは、友垣の女房になっている。

峰吉のことは、面白い女だ、と思っただけであった。

（芸者は身体を売らないと見栄を切っていたが、芸だけで生きていけるほど世間は優しくあるまい。そもそも、あんな女を買う物好きはいるのか。いや、陰間好きの坊主か武士ならば、あるいは……）

気に留めていると、あちこちで峰吉の噂を耳にすることができた。

深川で少しは名の売れた女らしい。

女芸者を名乗っているが、三味線どころか笛も吹けず、太鼓すらたたけない。女だてらに腕っ節は強く、気に入らない客に乱暴することもあるため、深川芸者の用心棒のようになっているという。

あの坊主頭は、町鳶と喧嘩したときに鳶口で髪の一部を切られたので、いっそのことと短く刈りそろえたらしい。思い切りのよい女である。女芸者の仲間からは、かなり慕われているようであった。

ひとり、弟がいる、という。

そんなことも雄太郎は聞いた。

名は浅次郎（あさじろう）――。

身なりのよい若い浪人で、剣の腕は一流であるという。峰吉は、武家への仕官を望む弟のため、深川で働いているらしかった。

一方で、悪い噂も耳にした。

浅次郎は女癖が悪い。貢がせては飽きると捨てる。金は遊びで使い果たし、また新しい女を捕まえる。その繰り返しだという。

雄太郎も、居酒屋で酒を呑（の）んでいる浅次郎を見たことがある。剣の腕に驕（おご）って、懐の豊かな若い武士に喧嘩をふっかけては迷惑代をせしめたらしく、それを大声で仲間に自慢していた。

ろくな男ではなかった。

雄太郎の心は、妙にささくれた。

なんとなく思い立ち、八丁堀へ踏み入った。ふと友垣の顔を見たくなったのだ。逢（あ）うことはない。幸せな家族を覗（のぞ）き見するだけでよかった。

だが、友垣の同心は離縁していた。幼い子がふたりもいたのにだ。わけは知らない。

友垣の背中は寂しげであった。

　声はかけられなかった。

　ただ、やるせない風が胸に吹き込んだ。


　次に峰吉と会ったとき、雄太郎の運命がひとつ定まった。

　月夜であった。

　富岡八幡宮では、祭りがおこなわれていたようだ。

　そんな夜に、葦深い干拓地の外れまでくる物好きはいまい。雄太郎は、はぜを釣ろうと思ってきたのだ。夜に釣れるのかはわからない。が、そんな気分であったにすぎなかった。

　海からの風が強かった。

　風の中に、女の悲鳴を聞いた、と思った。

　放っておくわけにもいかず、雄太郎は駆けつけた。昨日は雨が降り、足元は柔らかにぬかるんでいる。

　峰吉が、不埒な浪人に抜き身の刃をむけられていた。

　悲鳴を上げたくせに、峰吉は逃げなかった。相手が誰かわかったのだろう。眼を閉じて、みずから斬られようとしていた。

凶刃が天の月を映す。

雄太郎は飛び出していた。

浪人も、それに気づいた。峰吉から、雄太郎へと切っ先をむけ直す。月光が、その顔を照らした。お峰の弟であった。

ろくでなしの浅次郎——。

雄太郎は、荒々しい剣気の塊であった。

藪（やぶ）の中で虎（とら）と出くわしたように、浅次郎の眼は怯（ひる）んだ。

白昼で、尋常の仕合であれば、どうなっていたのかわからない。たしかに、並の技量ではないと雄太郎も見抜いていた。

雄太郎は吠（ほ）えなかった。

静かに刀をないだ。

浅次郎の右手が肘（ひじ）で切断され、夜気に鮮烈な血の匂（にお）いが流れた。

雄太郎は、若者が腕ごと落とした刀を拾い上げた。

「この刀はなまくらだ。刃を見れば、持ち主の生き方がわかる。おまえは腐っている。下劣な性根だ。今宵のところは腕一本で勘弁してやろう。おれに復讐（ふくしゅう）したいのであれば、刀を研いで出直すがよい」

姉を襲ったわけは、のちになって判明した。

ある大身旗本の娘を籠絡し、念願の仕官が決まったのだ。そこで、卑しい芸者をしている姉が邪魔になった。悪行が露見するのを怖れたのかも知れない。

愚かすぎる男であった。

浅次郎は、仕官先も捨て、江戸から逐電した。

残された峰吉は泣いていた。小さな顔を涙でぐしょぐしょにしていた。郷里のある九州から出てきて、ふたりで助けあって生きてきたのだ。父も母も盗賊に殺されて亡くなったという。

「あんたのせいで、生きる張りがなくなっちまった。おれは、斬られてもよかったんだ。たったひとりの家族なんだ。これじゃ、もう誰のために生きていいのかわからないよ。なんで、あんたは……」

泣きながら、峰吉は雄太郎の厚い胸板を殴った。

雄太郎の中に、激しい衝動があふれた。気がつくと、峰吉を押し倒し、その甘い唇を吸っていた。峰吉は激しく暴れたが、だんだんと抵抗の力が弱まっていき、雄太郎に身を任せてきた。雄太郎は、峰吉の着物をたくしあげ、腰で両膝を割り、猛ったもので刺し貫いた。

残酷な月に照らされて――。

泥にまみれながら、ふたりは夫婦になったのだ。

三

夜になっていた。

行灯（あんどん）が、ほのかに中を明るくしている。農民の納屋でも借り受けたらしく、板敷きの狭い小屋であった。火鉢もなかったが、十人もいれば充分に暖かかった。

隆光（たかみつ）は、旅籠（はたご）を引き払って志水一家の世話になっていたが、こんなことになるとは思ってもいなかった。

隠れ家に、三人の女たちが連れてこられたのだ。

忠吉の孫娘。

弾七郎の女房。

雄太郎の情婦。

小屋の隅にかためられ、床板に座らされていたが、縄で縛られてはいない。その必要もなかった。志水一家の誰であっても、ひとりで三つの細首を瞬時に落とせる伎倆を持っているのだ。

(見事な女たちだ)

隆光は感嘆していた。

雄太郎の情婦は、婀娜っぽい顔を蒼白にしていたが、仔猫を護る母猫のように険しい眼で刺客たちを威嚇していた。さすが剣客の情婦というべきか。いずれ劣らぬ凶人たちに囲まれて、たいした胆力である。

弾七郎の女房は、売れっ子の戯作者だという。勾引かされたことを呑み込めていないのか、好奇心を剝き出しにしてあたりを見まわしていた。それとも、戯作者とはこういうものなのか、一介の剣客には謎であった。

忠吉の孫娘は、同心の娘にして、女武芸者らしい。女にしては、かなりの腕前だろう。もっとも若いが、もっとも肝が据わった小娘だ。刀をとり上げられても、とくに心細げではない。

静かに眼を閉じて、若衆姿の女武芸者は端然と座していた。

(江戸には、このような女もいるのか……)

無法者に囚われ、どんな目に遭わされるかわからないというのに、三人ともそのあたりの女のように騒がないところも気に入った。

「さて、どうするべきであるかな」

志水中之介は、微笑みながら、三人の女を眺めていた。

答えたのは、右近であった。

「殺して、見せしめにすべし。我らは、すでにふたりを失っている。ふたりは殺さねば勘定が合わんではないか」

「うむ、道理である」

中之介がうなずき、さらに左近が答えた。

「じじいどもを誘い出す生餌とすべし。敵に地の利あり。こちらの有利なところへ、おびき寄せるのだ」

「それも道理である」

右近と左近は、見た通りの双子であった。

噂では、ある名家のご落胤だというが、ふたり同時に胎内から出たため、女陰は無残に裂け、その出血で母親は亡くなったという。母殺しの双子は、一族から忌み嫌われて捨てられたらしい。

「中之介さま、もしかしたら、鈴女が捕まっているかもしれません。ならば、女を人質とし、まずは鈴女を奪い返しましょう。老人どもなど、そのあとでいくらでも追い込めばよいのです」

そう息巻いたのは、綾女という芸人姿の女であった。両袖がだらりと長く垂れた着物を身につけている。幼げな顔をしているが、姉と慕う鈴女がいないことで殺気立っていた。

鈴女と綾女は、ともに旅芸人の一座の娘であった。血はつながっていない。しかし、情人のような間柄であったらしい。ある村での興行で、鈴女が名主の息子に見初められると、嫉妬に狂乱した綾女が名主の一家を皆殺しにしたことで、闇の世界へと転がり落ちたのだ。

「なるほど。道理である」

さらに、暁斎という雲水が、重い口を開いた。

「……あのご老人どもは、手強い。それは認めねばならない。そして、女は三人いるのだ。ひとりは見せしめにして、ひとりは生餌にし、残ったひとりを人質とすればよいではないか」

「たしかに、それが道理である」

中之介は、やはりうなずいた。

暁斎は、かつては禅寺の学僧であったというが、雲水となって寺を出るや、女を犯し、肉を食らい、人を殺め尽くすことが悟得への道であると狂信するようになったらしい。

愚龍という元相撲取りは、小屋の隅で小山のようにうずくまっていた。小さな眼を光らせて、小刻みにふるえている。みずからの手で仲間を殺したことで、狂わんばかりに苦悶しているのである。

愚龍が殴り殺した小平は、変装の名人であった。ひっそりと近づき、殺意も気取らせずに殺すことを至上の悦びとし、隠し武器や火薬の扱いにも長けていた。

雄太郎に殺された安兵衛は、毒殺を得意としていた。もとは医者だというが、人の生死に触れすぎて、いつしか治すより殺すほうが愉しくなった、と隆光に不気味な笑顔で語ったことがある。

志水一家は、俠客の集まりではない。凶人の一団である。

「——女どもは、解き放つべきだ」

隆光が説くと、凶人たちの刺すような殺意が集まった。

中之介だけが、微笑みを浮かべていた。

「人質を卑怯だと？」

「ちがう。おまえたちは、やりすぎたのだ。江戸で殺しすぎたのだ。役人だけではなく、町民も敵にまわしている。もはや人質の意味はない。幕府が、おまえたちを狩りにくるはずだからな」

隆光は、肚を煮え返らせていた。

藪木雄太郎だけは自分の手で倒したかった。志水一家と手を組むと決めたときも、どうやって出し抜くかと、そればかりを考えていたのだ。

狡猾な中之介は、隆光の考えなど易々と読みとっていた。それを逆手にとって、どうあっても隆光が抜けられないようにしてしまった。

「ふふ……それも道理である」

中之介は、もっとも不気味な男であった。

なんのために殺しを生業としているのか、隆光にもわからない。金のためでも、悦びのためでもない。贅沢を好むわけでもなく、女を買うわけでもなかった。高揚も後悔もなく、農民が稲を刈るように人を斬るのだ。

なぜ殺すのかすら、興味がないようであった。

中之介が執着を剝き出しにするのは、〈一家〉と称する配下の刺客たちを束ねることだけであった。誰が、というわけでもなく、〈一家〉でいることを大事にしているようであった。

（ならば、なぜ江戸にきた？　たかが三人の老人を斬ることが、江戸そのものを敵にまわすほどの大事なのか？）

雇い主は、紀伊屋の元番頭だと聞いていた。

元番頭は、主（あるじ）の宗右衛門が死罪に落とされ、その原因となった老人たちへの逆恨みで復讐を果たしたいのだという。

（宗右衛門とやらは、江戸へ出る前は、紀伊の国で商いをしていたという。邪魔な者を除けるために志水一家を使っていたのだろう。だが、その他にも、なにか特別な関わりがあったのか……）

隆光にはわからなかった。

「道理とあれば、女たちは解き放つのだな？」

「さて……」

中之介はとぼけた。

濃密な殺気が、みっしりと小屋に満ちていく。

雄太郎の情婦は脅えを見せ、さすがに弾七郎の女房も不安そうな顔をした。

忠吉の孫娘は、薄く眼を開いていた。

首領の下知で、この凶徒たちは嬉々(きき)として襲いかかってくるだろう。大坂にいたときから、隆光のことが気に入らなかったのだ。

中之介は、幾度となく隆光を一家へと誘ってきた。我らと家族になってくれまいかと懇願すらしていた。

それなのに、路銀のために暗殺をひとつ片づけただけで、隆光が離脱する勝手も許している。裏の稼業は底なし沼のようなものだ。たやすく足抜けできるほど甘いものではなかった。

隆光は、すでに鯉口(こいぐち)を切っていた。

（六人を相手に勝てるか？）

背中に汗が噴き出している。

綾女は闇中での暗殺術を得意としているが、不意打ちの隙(すき)を見せず、正面から対峙(たいじ)すれば、斬り伏せるのは難しくない。

愚龍に動く気配はなく、雲水は無手である。充分に間合いをとることができれば、どちらも怖くはなかった。

双子の剣は神道流(しんとうりゅう)だ。正統派であり、異形の剣でもある。右近は右利き。左近は左利き。ふたつの剣が、目配せすらなく自在の攻撃を仕掛けてくるのだ。ひとりでも手(て)

強(ごわ)いのに、ふたりがかりの剣法を躱すことは至難であった。

中之介は、二尺六寸（約七十九センチ）の長刀遣いである。その間合いは遠く、しかも素早い。一対一で負けるとは思わないが、どこか不気味で底が知れないだけに、確実に勝てるとは断じ切れなかった。

「……よかろう」

中之介は苦笑し、ようやくうなずいた。

「我ら一家、すでに家族をふたりも失った。この上、隆光まで手放したくはない。ここは、しかたなし。人質の解き放ちに同意しよう」

刺客たちの眼から殺意は消えなかったが、首領の意に逆らうこともなく、命のやりとりはお預けとなったようだ。

隆光は、三人の人質に顔をむけた。

「女ども、このような次第になった」

雄太郎の情婦と弾七郎の女房は、疑わしそうに顔を見合わせた。

「ん？　もうよいのか？」

忠吉の孫娘が、生真面目(きまじめ)な顔でそう訊いてきた。

真っすぐな瞳(ひとみ)で見つめられ、隆光はなぜか眼をそらしてしまった。

「かまわん。帰れ」

「わかった」

忠吉の孫娘は、無邪気な笑顔を咲かせた。

「お葉どの、お琴どの、これでお暇いたしましょう」

「え、ええ……」

「はい、朔ちゃん」

忠吉の孫娘は、ふたりの女房を先に小屋の外へ出してから、悠然と構えて自分もつづこうとした。

それを見て、隆光の足が、かすかに震えている。

「待て。隠居どもに言付けを頼みたい。あの長屋で首を洗って待っていろ……とな」

「うむ、伝えておこう」

忠吉の孫娘は、ふり返らずに答えた。

くくっ、と中之介が喉を鳴らした。

「隆光よ、人を殺したことを悔いておるか?」

「悔いてなどいない。金で頼まれて、悪党をひとり斬っただけだ」

「……呆れるほどに律義な男である」

中之介は、かぶりをふった。

「そなたは人を殺めたことがなかった。まっさらであった。しかし、藪木雄太郎を斬るためには、まず自分の手を汚さなくてはならないと思った。汚れなければならないと信じた。なんという不器用さ……なんという生真面目さ……藪木雄太郎を斬るため、前もって人斬りになっておくとは……」

隆光は黙るしかなかった。

中之介に、揶揄の意図はなかった。むしろ優しげに、弟でも見るような眼差しをしていた。

隆光はぞっとした。

異形の心を宿した刺客一味の首領から、異端の情を寄せられて怖気をふるわない者はいないであろう。

それほど、隆光を家族として迎え入れたいのか。一家といいながらも、刺客たちに血の繋がりはない。隆光にしても、ただ遠縁というだけである。それでも、隆光だけなのだ。そういうことなのか。

執着……。身の毛もよだつ妄執に嫌悪がわく……。

そのとき、隆光は気づいた。

（――不覚）

いつのまにか、綾女と愚龍が消えている。

隆光は、刺客たちの伎倆を見誤っていたのかもしれない。身軽な女はともかく、鈍重そうな巨漢が音もたてずにいなくなっているとは……。

「中之介殿、まさか……」

問うと、中之介は、うっとりと眼を閉じた。

「いったんは解き放った。嘘はついていないのである。それに、仇の家族は……やはり仇である。そうではないか？　女たちを殺せば、老人三匹も逃げずに決着を望むようになる。それこそ、我らが求めるもの。復讐の念こそ、もっとも甘美にして崇高なものなのである」

隆光は臍を嚙んだ。

（追いかけるべきか？）

そうしたところで、どうしようもないとわかっていた。

女たちを小屋から出しただけでも、刺客たちは大きな危険を冒しているのだ。このまま、黙って見逃すはずがないではないか……。

あとは、天運に委ねるしかなかった。

四

朔は、追手に気づいていた。

走りながらふり返り、闇を見透かすように眼を凝らす。薄雲越しの月明かりが、茫(ぼう)と青白く道を浮かび上がらせていた。

動くものは見えなかった。

耳をすましても追手の足音は聞こえない。

「お琴どの、お葉どの、先にいっててください」

朔は、立ち止まった。

「朔ちゃんは？」

「私は、ここで追手がかけられたかどうか、たしかめます」

「でも、いくら剣を習ってるからって……」

心配するお琴へ、お葉が笑いかけた。

「ちがうよ、お琴さん」

「え？」

「朔ちゃんは、小春さんの孫なのさ」

朔の祖父と復縁した女傑のことは、雄太郎に聞かされていたのであろう。お琴は、なんとなく納得したようであった。

「すぐに追いつきます。さあ、はやく」

凛とした声に、ふたりはうなずいた。

お琴も剣客の情婦である。いまはお葉を護ることを優先すべきだと腹をくったようだ。お葉の手を引いて、ふたたび駆けはじめた。

朔は、眼を閉じた。

凶気がひたひたと追ってくるのを生娘の肌で感じる。

ここで戦うしかないのだ。

息を吸った。夜気が湿っている。草と土の匂いがした。呼吸を落ち着かせるため、臍の下に力を入れ、ゆっくりと息を吐く。

(ここはどこだ?)

酔七に三人で集まっていると、無礼な刺客どもが押し入ってきた。不意を突かれた朔たちは気絶させられ、目が覚めたときには、あの小屋であった。

小屋を出てからは——寺社か町の灯であろうか——遠くに見える小さな光を目指し

てひた走っていた。

月の位置。腹の減り加減。察するに、本所か深川ではないかと朔は思った。波の音。風に潮の香。海が近い。ならば、深川の外れだ。橋を渡って、こんなところまでくるのは初めてのことである。

朔は、少しだけ道を戻り、眼をつけていた棒切れを拾った。折れた天秤棒だろう。長さは二尺ほど。軽くふってみる。心もとないが、ないよりはましであった。

闇にむかって、正眼に構えた。

「おや、あたしとやろうってのかい？　可愛いねえ」

若い女の声がした。

あの小屋にいた芸人風の女であろう。

だが、どこから声がしたのか……。

（どこに隠れている？）

気配を探ったが、朔にはわからなかった。

「ここだよぅ」

背後から女の声がした。

朔は、とっさにしゃがみ込んだ。格好を気にしているときではない。地に転がりながら二尺の棒切れを横にふる。空振りであった。

「ここだってばさ」

　真横から声がした。

右だ。しかし、殺気は左からきた。

朔は右へ跳んだ。

なにかが飛んできた。避ける。ちっ、と肩先が斬られた。

危ないところであった。

鋭い刃が見えないところから襲いかかってきたのだ。

浅草や両国に、声を自在に飛ばせる芸人がいる。正面に立っていても、声だけが横や後ろから聞こえてくるのだ。そのことを思いださず、もし左に跳んでいたら、朔は喉を切り裂かれていたかもしれない。

「おや、勘のよい子だね」

　女の含み笑いが、左から後ろへと流れていく。

　この芸だけでも、闇の中では絶対の有利である。いつ襲ってくるか、まったく読むことができない。眼も耳も役には立たず、冷たい恐怖がじわじわと背筋を這い上がってきた。

それでも、朔は動かなかった。静かに息を吸い、ゆっくり吐きながら、臍の下へと心のゆれを沈めていく。

（考えすぎるな……）

自分のような未熟者では、逆手にとられるだけだ。神経を研ぎ澄ませ、あとは身体に任せよう。自然に手足は動く。身につけた技が、最後には自分を救ってくれると信じるのだ。

以前の朔であれば、かっと頭に血を昇らせて、無闇に棒切れをふりまわしていただろう。恐怖を紛らわすために、そうしていたはずだ。

自分は強くない。それは思い知っていた。

真の意味で、命のやりとりなど、したことはない。昨年、勾引かされた友達を助けるために浪人たちと真剣を交えたことはある。が、窮地に陥ってしまい、祖父たちに助けられていたのだ。

「可愛いねえ。ああ、可愛いねえ。強がる子は好きさ。抗って、立ち向かおうとする子は大好きさ。あたしの妹にしたいくらいさね。でも、でもね、あたしには鈴女姉さんがいるからね。残念だけどね」

女の殺意が、闇を濃くした。

朔は棒切れを片手で構え、もう片手をたもとに入れていた。しゃがんだときに、小石を三つほど放り込んでおいたのだ。

前、後、左。

三つの石を素早く投げた。

同時に、朔は右へ踏み込み、力いっぱい棒切れをふった。

どれも外れであった。

しかし、かすかに驚く気配が闇に涌(わ)く。

そこへ、すかさず躍り込んだ。

突く!

夜気が動いた。女刺客が飛び退(の)いたのだ。

薄雲が切れたのか、月の光が明るくなった。

「……ずいぶん愉(たの)しませてくれるねえ」

女刺客の姿が闇からあらわれた。

長く垂れた袖を、ゆらゆらと揺らしている。手に刃物は持っていない。朔は用心した。どこかに武器を隠しているはずであった。

「でも、もう遊んであげないよ。はやくしないと、逃げられてしまうからね」

それは、みずからの技への自信だけではなかった。

朔も足元の震えを感じていた。

なにか巨大なものが道をやってくる。その振動だ。

朔の顔に焦りが滲む。

もうひとり、刺客が追いついてきたのだ。

「ど……どけ……！」

相撲取りのような巨軀が走ってきた。

棒切れで殴ったところで、痛みすら感じるとは思えない。朔は棒の先で、巨漢の喉を突き上げようとした。

「邪魔はさせないよ！」

女刺客の腕がふられた。

長い袖が生き物のように踊り、朔の顔にむかって伸びてくる。たかが袖だ。朔は棒切れで払おうとした。

かつん、と小気味よい音がした。

棒切れの先が、二寸ほど切断されたのだ。

（袖に仕込み刃！）

朔は眼を見張った。

頬に小さな痛みを感じる。熱いものが頬を濡らし、顎にまで垂れていく。棒切れだけでなく、朔の顔まで刃は届いていたのだ。

巨漢は、朔の横をかすめるように通りすぎた。小娘など眼中になく、先に逃げたふたりの女を追うためであった。

「しまった……」

巨漢の鈍足とはいえ、女の足である。追いつくことは難しくない。

女刺客と対峙して、朔は動けなかった。絶望が胸を締めつける。なにもできないまま、敵を見送らなければならないとは……。

「朔殿！」

勘兵衛の声であった。朔の顔に生気が戻る。

「藪木勘兵衛――推参！」

勘兵衛は、無銘の愛刀を抜き払った。迫る巨軀に怯むことなく、避けようとする知恵もない刺客へ正面からの一太刀を浴びせた。

「ぐぅ……」

巨漢の重い足が止まった。

「先生、お琴どのとお葉どのは？」

「無事だ。じきに奉行所の手勢も追いついてこよう」

「では、そちらはお任せしました」

「承知」

朔は、あらためて闘志をかきたてた。

ぶらり、ぶらーり、と女芸人の刺客は長い袖を揺らしている。あからさまな嘲笑が赤い唇に張り付いていた。

「おや、泣きそうな顔が、もう笑ってるねえ。でもね、愚龍どのは、あれくらいじゃ死なないさ。腹の脂がね、刃を通さないんだよ」

「だから、どうした！」

勘兵衛は、剣の師である。信頼すべき男であった。

ようやく姿を見せた女に、朔は何度も間合いを詰めようとした。そのたびに、左から右からと袖が襲いかかってきた。棒切れでは受けられない。これより短くされては武器にもならなかった。

だが――。

太もも、脇腹、二の腕と、袖に仕込まれた鋭利な刃が女剣士の若い肌を次々と傷つけていく。わざと浅く切っている。女刺客は、遊んでいるのだ。朔をなぶり殺すつもりのようだった。

「うふふ、女なのにねえ。顔にも傷がついてしまったねえ。もうお嫁にいけないねえ。ああ、かわいそう。かわいそうだねえ」

「しるか！」

朔は吠えた。

「皮の一枚や二枚、くれてやる。男だの、女だの……そんなことはしらぬ。私は朔。同心、吉沢吉嗣の娘。それが私だ。聞け。覚えておけ。——吉沢朔だ！　他の何者でもない！」

朔の眼が、炯と光った。

刃など怖れていなかった。傷つけられても心は乱れていない。好機を見つければ、いつでも踏み込める。そのことに満足していた。

「な、なんなの……この小娘……！」

女刺客は、初めて動揺した。

朔は、先のことなど考えたことはなかった。父も母も、すでに諦めているほど、女らしいことをしたことがなかった。

ましてや、他家に嫁ぐなど考えたこともなかった。

それでは、自分が自分ではなくなるような気がしていた。子供のころから、ぼんやりと、そう確信していた。

だから、剣を習うことにした。学問は性に合わなかった。剣士になりたいというより、刀をふりまわしたかっただけであった。

世のすべてを一刀で斬り払えるほど、ただ強くなりたかった。強くなるたびに、この身が軽くなり、鳥のように空を羽ばたける気さえした。

父にも母にも、わかってもらえるとは思っていない。もちろん、やたらと分別くさい弟もだ。祖父だけは、少しは伝わるのかもしれないと思っていたが、口に出して話したことはなかった。

だが、祖母の小春だけは、そんな朔の想(おも)いを見抜いていた。

男であろうと、女であろうと、朔は朔である。

祖母は、微笑みながら、それを認めてくれた。

「私は吉沢朔だ！」

朔は、不退転の決意をした。

女刺客に対して、半身の体勢をとった。やや腰を落とし、左手を腰にあてる。右手は前に伸ばし、棒切れの真ん中を握って横一文字に構えた。

あとは間合いを計るだけである。

「ええい、うるさいよ！　もう死にな！」

女刺客の顔が、夜叉のように醜くゆがんだ。

刃の袖が浮き上がり、蛇のようにうねって襲いかかった。

朔は、前へ踏み出した。

凶刃は右から襲ってきた。袖のどこに刃が仕込まれているのかは、もう見切っていた。棒切れの先端で縦に受ける。しくじれば、柔な首筋を切り裂かれ、おびただしい血を噴きだすことになるだろう。

さく、と棒切れの先端に刃が食い込んだ。一寸だけだ。

朔は手を放した。

棒の重みで袖は落下していく。

もう片方の刃が襲ってくるころには、朔は女刺客の懐に飛び込んでいた。袖の刃は、ぐるりとまわり込んで、朔の背中をえぐった。傷は浅い。

女刺客は舌打ちした。

朔は微笑んだ。

女刺客の膝頭を蹴りつけ、前のめりに体勢を崩させた。朔も凜々しい眉を寄せる。太ももの傷が、思ったより深いのだ。

だが、かまわない。

女刺客の片腕をとり、背後へまわった。腕をねじると、女刺客はさらに前へ逃げようとする。その動きに逆らわず、女刺客の背に飛びつく。女刺客の足がもつれ、額から地面に叩きつけられた。

「ぐっ……」

朔も倒れた。

あちこちの傷がいっせいに痛みを訴える。気怠い。もう動けそうになかった。いつのまにか、血を流しすぎたのだ。

しかし、女刺客の身体からも力が抜けていた。気を失っている。

朔は、勝ったのだ。

勘兵衛に、朔の死闘を見守る余裕はなかった。

「ど、どけ……！」

眼に狂気を宿した巨漢は、不機嫌そうにうなった。

小山のような巨軀を前にしては、背丈六尺の勘兵衛でさえ子供のようである。正面から一刀を浴びせたはずなのに、刺客は痛みさえ感じていないようで、若き道場主を虫けらのごとく見下ろしているのだ。

(だが、おれは間に合ったのだ!)

長部隆光に破れてから、勘兵衛はひとりで道場にこもっていた。おのれの未熟を認め、おのれの剣を見直すためである。

そこへ、居酒屋の洋太が飛び込んできた。朔が、凶悪な刺客一味に勾引かされたと知って、勘兵衛は刀を手に道場を飛びだした。

瑞鶴堂では、父の雄太郎が昏睡していた。刺客の毒を受けたという。勘兵衛は愕然とした。あの強い父が、刺客を返り討ちにしたとはいえ、ただ無防備に寝転がっていることしかできないのだ。

(おれを〈張り子の剣士〉などと嗤っておいて、その様はなんだ!)

情けなくて、涙が出そうであった。

一味の女を捕え、忠吉の女房が厳しい尋問をしていた。女刺客は雇い主の名を知らなかったが、一味の隠れ家は白状した。

それを聞くや、勘兵衛は真っ先に飛び出した。

待てという忠吉の声も耳に入らなかった。頭に血が昇り、味方の数がそろうまで待ってはいられなかった。また若く、剣士として身体を鍛えているだけに、老人たちより足は速かった。

そして、朔の窮地に間に合ったのだ。

想い人の女剣士は、妖しげな女芸人と奇怪な戦いを強いられていた。墨染め浴衣の巨漢も敵なのだろう。

勘兵衛は、推参の名乗りをあげた。駆けながら愛刀を抜き放ち、巨漢の膨らんだ腹を存分に切り裂いた――はずであったが、棒を干し布団に打ち込んだような手応えしかなかった。

（踏み込みが甘かったか？）

夜目である。墨染めの浴衣では、血が出ているのもわからない。

「どげぇぇぇぇっ」

巨漢は咆哮を放った。

勘兵衛に迷っている暇はない。

巨漢は、硬い小岩のような拳をぶつけようとしてきた。あたれば首の骨が折れそうであったが、拳を避けることは造作もない。すれ違いざま、大樽のような胴を打ち抜いた。

やはり手応えは鈍かった。

分厚い脂の鎧に阻まれて、内臓まで刃が届かないのだ。

勘兵衛は、斬ることを諦めた。急所を狙って突くべきだ。刃を返し、柔らかな喉元へ突き上げようとした。

そのとき、いったんは躱した握り拳が、飛燕のごとく戻ってきた。

「げっ」

喉を突くより先に、小岩のような拳の裏が、勘兵衛の右胸を打ち抜いたのだ。肺の空気が残らず吐き出された。息が詰まる。心の臓が停まったかと思われた。肋骨も何本か折れたようである。

勘兵衛は、しばし棒立ちになった。膝が震え、倒れることすらできなかった。心の臓が、ふたたび動きはじめる。息ができるようになった。

間合いをとって、仕切り直そうとしたときには、もう遅かった。

巨漢の片手が、勘兵衛の首を締めつけてきた。

たちまち意識が遠くなる。

これが生死の境目である。

死境――。

そこを越えた者こそ、命のやりとりをする資格があるのだ。

勘兵衛に、それを越える勇気はなかった。

血風が吹きすさぶ戦乱の世は、講釈師が語る話の中だけである。いまは金の世だ。

剣術は商売の道具にすぎない。

これまでは――そう思ってきた。

にっ、と勘兵衛は笑った。

顔を真っ赤にして、鼻水を垂らしながら。こうでなければならない。これでこそ修羅(しゅら)の道。真の剣客へ、ようやく踏み出せるのだ。

刀の柄(つか)で、巨漢の手首を打った。運よく狙ったところにあたったらしく、喉の圧迫が消えた。手が痺(しび)れ、指を開かせるツボを突いたのだ。

勘兵衛は地面に転がった。

間合いを稼ぎ、素早く立ち上がる。

巨漢は、怪訝(けげん)な顔で勘兵衛をにらんでいた。

刃が通らない――。

剣士にとって悪夢のような相手であった。

おのれの巨体を囮とし、初太刀を脂肪の鎧で受ける。わずかでも相手の動きが止まれば、拳の裏で一撃をくらわせ、喉を摑んで絞め殺す。これならば動きが鈍くても、間合いを盗むことができる。

この刺客は、そうやって多くの人を殺してきたのだろう。

危うく勘兵衛もそのひとりになるところであった。

息を整え、攻めの気迫が満ちるのを待った。

天稟は父にも負けない。否応なく受け継いだ才である。それは重荷であり、誇りであり、迷いの種でもあった。

(長部隆光にあって、おれにないものはなにか?)

覚悟だ。

人を殺めることも辞さない覚悟だ。

だが、真に必要なものは、人を殺す覚悟ではない。人を犠牲にしてまで生きる覚悟ではない。剣の道を歩み、その果てを見極めようとすることだ。母を失ったとき、父は苦しみ、悩み、惑ったはずであった。

しかし、突き抜けた。

惑いの果てに、なにがあるのか?

勘兵衛は、長部に負けたことで、その先を見たくなったのだ。

天下無双の道に、意味はないと思っていた。父を超えることなどに意義はないと信じていた。そのふたつを目指さなければ、大事な人を護れないとあれば、超えてゆくしかあるまい。無双を志すしかあるまい。

天賦だけは有り余っているのだ。

「お、おまえ……許せねえ……！」

巨漢は鬼相を剝き出しにしていた。勘兵衛に突進してきた。

勘兵衛の負傷も小さくはなかった。片腕が持ち上がらず、胸や脇腹が激しく痛み、内臓もやられているはずだ。頭痛で考えがまとまらない。吐き気もした。ようやく立っていられる有り様である。

それくらい、なにほどのものか。手枷足枷（てかせあしかせ）があってちょうどよいくらいだ。

夜気を脅えさせ、拳が飛んできた。

優しい月の明かりが、それをゆるやかに照らしてくれた。

勘兵衛は肩で受けた。受け流した。風で押されるように身体が反転して、巨漢に背をむける格好になった。

両断するには近すぎる。いや、半歩あればよい。それだけで、会心の一撃をくれてやろう。これほどに愚かである。自分は愚かである。おのれの天賦を信じきれるほどに、愚か極まりない男であった。

ならば、なれば——。

切っ先を下げ、地に引きずるようにして構え、さらに勘兵衛の身は反転した。力はいらなかった。刃を通す筋道を見つける。それだけだ。

脂肪の隆起に、一本の光る筋を見た。

とうに草鞋(わらじ)は脱ぎ捨てている。素足の親指を地にめり込ませ、勘兵衛は斬り上げた。巨漢の脇腹から肩にかけて血がしぶく。

刃先は、脈打つ心の臓を割ったはずである。

「あ……ああ……?」

なにが起きたのか、巨漢の刺客はわからなかったようだ。景気よく血を噴く胸元を不思議そうに眺め、ゆっくりと十を数えるほど経ってから、くるりと白目を剝いて仰向けに倒れていった。

「……藪木流を舐(な)めるな！」

溜(た)めていた息を吐くと、勘兵衛はがくりと膝を突いた。

（さ、朔殿は？）

眩む眼で、想い人の姿を探した。

朔は、女刺客の背に乗って行儀悪くあぐらをかいていた。真剣な眼で、じっとこちらを見つめている。

どうやら、ふたりとも死闘を制したようであった。

勘兵衛は微笑んだ。

そして、情けなくも、気を失ってしまった。

五

与力の加藤為永が、配下の同心をふり返った。

暁闇であった。

「者ども、よいか？」

刺客団の隠れ家を、町奉行所の捕方二十数名が包囲していた。

同心の吉沢吉嗣も、息をひそめて下知を待っている。

勾引かされた三人の女は、無事に保護していた。朔は一味の女を捕え、勘兵衛は巨漢の刺客を見事に討っていた。しかし、ふたりとも傷がひどく、父の忠吉に頼んで医者まで運んでもらっていた。

　ここからが、お上の出番である。

　相手は凶悪な志水一家である。同僚の同心は、それぞれ突棒や刺股などを手にし、下手人を囲む梯子も用意されていた。

　吉嗣の得物は、捕物で使い慣れた二尺の長十手であった。

「よし……踏み込めい！」

「御用の筋である！　神妙にせよ！」

　吉嗣は出遅れた。暗い足元で、なにかにつまずいたのだ。

（不覚！）

　だが、それが幸いした。

　勇み立った捕方たちが踏み込んだとき、隠れ家の納屋が大爆発を起こしたのである。

　同僚たちの悲鳴が闇をふるわせた。

　爆風に打ち倒された者、地に転がって泣き叫ぶ者、たっぷりと油もまかれていたのか、無残な火だるまになった者もいた。

　紅蓮の炎が、赤々とまわりの沼地を照らしている。

「なんということだ……！」

吉嗣は、この惨状を茫然と眺めることしかできなかった。

遠くで火の手があがっていた。

志水中之介は、にたり、と笑った。

「小平よ、そなたが遺した爆薬、ありがたく使わせてもらったぞ」

愚龍と綾女が戻らないと察したとき、あらかじめ用意しておいた手順に従って隠れ家を放棄していたのだ。

納屋の持ち主は、とうに始末してある。余計なことを探られる憂いもなかった。

「また、ふたり家族を失ってしまった……」

中之介の眼に憎悪が灯った。

「老人どもよ、近いうちにまみえようぞ」

志水一家は、ゆるりと闇の中へ消えていった。

六

雄太郎は——誰かに呼ばれた気がした。

町奉行所の大捕物は、無残な失敗に終わった。

その翌日のことである。

死の淵をさまよいながら、夢の中で人を斬っていた。

見知った顔ばかりであった。

江戸の盛り場で、街道の宿場町で、諸国の町道場で——喧嘩を売られ、やくざの抗争に巻き込まれ、野盗に寝込みを襲われ、勝負に負けた逆恨みで罠にかけられ——数えきれないほどの人を斬ってきた。

血まみれの道であった。多くの恨みを背負ってきた。いつかは自分の番がめぐってくると覚悟していた。

頭と肉体に、無数の死闘が刻み込まれている。時をさかのぼり、初めての果たし合いで旗本に勝利したときのことまで、雄太郎は鮮明に思いだしていた。

その先は、なにもなかった。

なにもありはしなかった。

父の慈愛はなかった。母のぬくもりも覚えていなかった。こうして、こうして、ひとりで消えていかなければならないのか……。

孤独はなかった。哀しみもなかった。この世に生れ落ちたときから、雄太郎という

〈人〉は死んでいたのだろう。殺されていたのだろう。

それから——。

雄太郎は、夢の中で殺されはじめた。

初めての果たし合いで旗本に頭を割られた。中間の喧嘩に巻き込まれて脇腹をえぐられた。野盗に斬殺(ざんさつ)された。騙(だま)し討ちで囲まれて殺された。木刀で殴り殺された。切り刻まれた。絞め殺された。

親父橋で、凶悪な刺客たちに首を飛ばされた。

おのれの血臭に酔いしれ、おのれの臓物にまみれ、生という生を、死という死を味わい尽くしながら、なお……。

呵呵(かか)と大笑した。

なんと愉(たの)しい一生であったことか!

そして、誰かに名を呼ばれたのだ。

勃然(ぼつぜん)と激しい情感が湧(わ)いた。沸騰し、荒れ狂った。

刮(かっ)っ、と眼を見開いた。

雄太郎は、長い夢から、ようやく帰還を果たしたのだ。

第四話　古町長屋の決闘

一

古町長屋は、いまだ凪いでいた。

嵐の前の穏やかさである。

弾七郎は、せっせと書物を抱え出しては、外に敷いた畳に積み上げていた。部屋にうずたかく山脈を成していた読本を移しているのだ。

「弾さん、こんなときに本の虫干しか？」

忠吉が、呆れ顔でそう訊いた。

「いやな……たしか床下に埋めといたはずなんだよ」

弾七郎は、う、うーん、と腰を伸ばしてから、床下の土をいじって黒ずんだ手を着物の裾でぬぐった。

「ほれ、床下を掘るには、床板を引っぺがさなきゃならねえだろ？　床板を引っぺがすには、畳をめくらなきゃならねえ。んで、畳をめくるには、本をだな……」

それで、こんな有り様になっているという。

「長屋にとってくるもんがあるって瑞鶴堂を出ていったが、それのことかい？　こんなときに、なにを探してんだ？」

「……夢のかけらさあ」

弾七郎は、心ここにあらずの顔で答えた。

隆光からの言付けを朔から聞き、雄太郎が長い昏睡から目覚めたこともあって、長屋で刺客一味の襲撃に備えることにしたのだ。

ふたりと入れ替わって、瑞鶴堂にはお葉とお琴が隠れることになった。おかげで、じじい三匹水入らずである。

「おう、そういやあ、朔坊と勘坊はどうしたい？」

「うむ、朔めはかなり血を失ったようだが、たいしたことはないようだ。顔の傷も、そのうち消えるらしい。雄さんのせがれは、けっこうひどい。だが、寝床でおとなしくして、美味いもんでも食べてれば、すぐに恢復するだろう。ふたりとも、しばらく外には出してもらえないがな」

「おお、若えなあ。おい、若えっていいなあ、おい！」

弾七郎は、嫉妬混じりに叫んだ。

忠吉も同感である。

歳をとるごとに、ささいな怪我でも恢復に時がかかってしまうようになった。勘兵衛のような目に遭えば死んでいたかもしれない。

しくじりも命がけの歳である。

若者は、生きてさえいればやり直しができる。戦いに臨んだとき、朔と勘兵衛は大仰なことを考えていたのだろう。口に出せば、顔が燃えるような恥ずかしいことも素で思っていたのだろう。

それを信じることができる。それも、うらやましいことであった。

忠吉が駆けつけたとき、すでに死闘は片づいていた。勘兵衛は力尽きて倒れ伏していたが、朔は袖を破って自分で血止めをすると気丈にも立ち上がり、剣の師をかついで医者へ連れていこうとした。

あっぱれな女丈夫だ。

もっとも、朔は血を失いすぎて力が入らず、はっと気づいた勘兵衛に背負われて逆に運ばれることにはなったが……。

「しかし、おかしいな。どこに埋めたっけかなあ」

本運びの苦役にも飽きたのか、弾七郎は読本の山から一冊手にとって開き、なにやら独り言をつぶやいた。

「弾さん、そこの床下ではないということではないか？」

「忠吉っつぁんよぅ、おりゃあ、おめえたちが越してくる何年も前から、ここを本の置き場として借りてんだぜ」

「この長屋は、一昨年あたりに建て替えたものだろう。そのときに部屋を変えたか、長屋そのものが少しずれたということはないのか？」

忠吉は、そのあとに越してきたのである。

おおっ、と弾七郎は顔を上げた。

「そうだった。いやあ、忘れてたぜ。ありがとうよ。そうだよ。いや、でも、そう変わってはいないはずだ。どこだっけ？　どうだったかな……。おれ、部屋を移ったんだったかな」

若いころのことはよく覚えているが、たった数年前のことは忘れていたりする。それも歳をとるということであった。

「まあ、大家に訊けばよいさ」

「そうだな。よし、そうしよう」

「もしくは家主のほうが詳しいかもしれんが」

「ああ、それはだいじょうぶだ。ここは大家と家主が兼ねてんだ」

「ふむ」

ふたりは、さっそく訪ねることにした。

大家の部屋は自身番の裏手である。

近所に人手がないのか、番人を雇う銭を惜しんでいるのか、いつも大家が自身番にいて、うつらうつらとうたた寝をしているのだ。

「ええ、覚えてますよ、弾七さん」

名は小幡源六（おばたげんろく）。小柄な老人である。

歳は七十を下るまい。どこか長老の風格がある。元幕臣の隠居らしいが、武張（ぶば）ったところもなく、品よく頭の禿（は）げ上がった好々爺（こうこうや）であった。なんの役職に就いていたのか、ときおり鋭い眼光を見せることがある。

忠吉が病で寝込んだとき、源六の娘には世話になっていた。

「弾七さん、あなた、あのときは先に建て直した部屋に本を移しておいて、また自分のとこに戻すのが面倒だからといって、そのままだったではありませんか」

「ああ、そうだったそうだった。うん、てぇことは……忠吉っつぁんの部屋だな。よし、ありがとうよ！」

弾七郎は、聞くだけ聞いて、とっとと飛び出していった。よほど大事なものを隠していたのだろう。

（わしのとこかよ）

忠吉は、自分の部屋も畳や床板を剝がされるのかと思って、げんなりした。

「ところで、大家……いや、家主さんか」

「どちらでもよろしいですよ」

源六は、柔らかく微笑んだ。

「では、大家さん」

「ええ、なんですか」

「わしらが長屋にこもっても、まことによろしいのですかな？　人殺しを生業にしている奴らに命を狙われて、どのような手段を使うかもわからない。万が一、長屋の者に難が及ぶことになっても……」

「まあ、気にかけることもありませんよ」

源六は、忠吉の憂慮を塵のように手で払った。

「おやんなさい、おやんなさい。存分にの。年寄どもは逃げるのを面倒がるし、いまさら命が惜しい歳でもなし。それに、よい娯楽じゃ。ときには昂るようなことがないと、みな気が衰えるばかりでな」

「しかし、地主殿にご迷惑がかかるのでは？」

町人同士の喧嘩という体裁にはなるものの、火でもかけられれば公儀から咎めを受けることは必定である。

「ふふ、あのお方は、それほど狭量ではありませぬ。ご安心なされ。それに……」

「それに？」

「じつは、この長屋は町方の管轄ではないのですよ。奉行所とはいえ、おいそれとは手を出せませんな」

「えっ」

これには忠吉も驚いた。

「ここだけの話ですが……この土地は、ある方の秘かな隠居先として空けられていたのですよ。ですが、隠居するには、捨てなければならないものが多すぎる。そういう身分の方でしてな。だから、この土地は町屋のようであって、じつは武家の庭のような扱いになっておるのです」

「なんと……」

忠吉は、どんな顔をしていいのかわからなかった。

しれっと大家は語ってくれたが、なにかとんでもない秘事を打ち明けられてしまった気がしている。

（どなたの土地かは、聞かないほうが……）

忠吉としては、無難に退散するしかなかった。

自身番から出ると、忠吉は行き先に困った。

おのれの部屋でくつろぎつつ茶をすすろうにも、弾七郎が畳と床板をひっくり返しているはずである。それをだれが片づけるのか。わしか。わしなのか。考えただけでも、うんざりであった。

（どれ、茶屋で一服するかね）

散歩にはよい陽気である。愛用の銀煙管(ぎんぎせる)はたもとにあり、絹糸のごとく細く刻まれた煙草(たばこ)もたっぷり残っていた。

木戸を出たとき、分別臭い顔が物陰から出てきた。せがれの吉嗣だ。

「父上、お話ししたいことが」

忠吉は、にやりとして答えた。

「よしよし、ちょうどよいところにきた」

「は？」

「親孝行させてやろう。父に茶をおごるがよい」

吉継は仏頂面でうなずいた。

大通りに出ると、どこからともなく梅の香りがした。

行きつけの茶屋に入り、忠吉は奥の小上がりで腰を落ち着けた。せがれが茶と団子を頼むあいだに煙管で一服つける。

「あれから、なにかわかったか？」

吉継に訊いた。

「志水一家の雇い主がわかりました」

「ほう……」

「紀伊屋の番頭をしていた長太郎という者でした」

「やはりな」

「父上、ご存知だったのですか？」

「いや、そんなとこだろうと思ったまでさ。死罪となった主の敵討ちか。泣かせるではないか。まあ、逆恨みだが、芝居にはなるかもしれぬ」

吉継は、父の戯言に眉をひそめた。

「内藤新宿に身を隠していた長太郎を捕えて尋問したところ、その逆恨みも白状いたしました。宗右衛門が紀伊にいたとき、商いの邪魔になった者を除けるために志水一家を使っていたようです。長太郎もそれを吐いた夜に首をくくって死に、詳しくたしかめようもありませんが……」

「それだけかい？」

「……他になにか？」

「金の出所よ。刺客どもが健気な敵討ちに心うたれて身銭を切るとは思えぬ。いや、それもちっとはあるかもしれぬが、やはり金で請け負ってこその刺客であろう。元番頭は、紀伊屋の隠し金でもくすねていたのか？　くすねた金で敵討ちとは商人の殊勝さもたいしたものだがな」

吉継は、薄い感嘆の色を眼に浮かべ、すぐに消した。年寄を調子づかせてはならぬと思ったものらしい。

あたりをたしかめてから、小声でささやいた。

「どうやら、このたびも紀伊徳川家の内輪もめがかかわっているようです」

「ふん……」

忠吉は鼻を鳴らした。

紀伊徳川家では、派閥が二つに割れているという。隠居である徳川治宝と国主の徳川斉順が、それぞれ対立しているのだ。

隠居は治政への影響力と利権を手放さず、国主は独自の資金源を求めていた。

そこに、宗右衛門が付け入ったのだ。

宗右衛門は、国主派に手段を選ばずに稼いだ金を融通していた。それを江戸の老人たちに潰されて、国主派は腹に据えかねたのだろう。元番頭に刺客を雇う金を秘かに渡したのではないか、と忠吉は推し量った。

つまり、これも逆恨みであった。

そして、

(小日向で刺客一味に斬られた紀伊の侍どもは、隠居派が江戸に派遣したのではないか？　志水一家は、宗右衛門を通じて国主派に雇われ、隠居派の要人を始末していたのかもしれぬ。でなければ、わざわざ江戸に討伐組を派遣することなど、あり得るこ

とではないわ）

もっとも、吉嗣に訊いたところで、素直に答えてはくれまい。

「吉嗣よ、このあいだ志水一家を捕え損ねたことで、お奉行も手を出せなくなったのではないかえ？」

「よくご存知で……」

吉嗣は苦い顔をした。

御三家である紀伊徳川家が絡んでいるのだ。うかつに手を出せば、どこかで誰かの首が飛びかねず、うっかり腹も召されかねない。

「ふふ、古町長屋の秘事も耳にしているのではないか？　だから、わしが長屋から出てくるのを待っていた。ちがうかえ？　よしよし、おまえも心苦しかろうが、後始末はじじいどもに任せるがよいさ」

忠吉は、運ばれてきた焼き団子を串から齧りとり、ほくほくと口の中で転がして咀嚼すると、茶で美味しく喉へ流し込んだ。

吉継は、静かに吐息を漏らした。

「では、私はこれにて」

「吉嗣、もう戻るのか？」

「はい」

「ならば、ほれ」

忠吉は、童（わらべ）がお駄賃でもねだるように片手を差し出した。

吉嗣は首をかしげる。

「なんですか？」

「それ貸しな」

忠吉の指先は、同心が腰に差している二尺（約六十一センチ）の長十手を示していた。

「父上に喧嘩煙管（けんかぎせる）はお返ししたはずですが」

「喧嘩ではないのさ。だから、ちと心許（こころもと）なくてな」

吉継は、お上から預かった大事な道具を渡すことにためらいを感じたようだが――

ふっ、と珍しく微笑みを浮かべ、長十手を手渡してくれた。

「必ずお返しください」

「わかったわかった」

忠吉は、手に乗ったひさしぶりの重みに、うっとりと眼を細める。

「ふふ……これは戦（いくさ）だものなあ」

二

雄太郎は井戸で身体を清めていた。

もろ肌を脱いで、汲み上げた冷水を頭からかぶる。

「雄さん、すっかり熱はひいたようだな」

散歩に出かけていたらしく、忠吉が木戸のほうからやってきて、井戸の脇に転がした大八車の荷台に腰を下ろした。

この大八車は、湯屋の二階で倒れていた雄太郎を瑞鶴堂まで運ぶときに借りて、そのまま長屋まで持ってきてしまったものらしい。

「うむ」

雄太郎は、手ぬぐいで荒々しく肌をこすりたてた。湯屋へいきたいところだが、いつ襲撃があるかわからないのだ。それでも、面白いように垢が落ちて、生きている心地よさを味わえた。

忠吉は、雄太郎の行水を感心したように眺めていた。

「もう歩けるとは、剣客ってのはじょうぶなもんだな」

毒が抜けて、ようやく起きられるようになったばかりだ。ごっそりと脂肪が落ちて、すっかり痩せてしまっている。

ただし、

「ん、いや……雄さんよ、前より逞しくなってないか？」

忠吉は、やや気味が悪そうに顔をしかめた。

「うむ、あれほど脂がついていたのだ。身体も鍛えられようというものだ」

脂肪とは無駄な重みである。八貫（約三十キロ）の岩を担いでいたようなものであった。立つ、歩く、座る。すべての動きに力がいるのだ。

おかげで、雄太郎の老軀は、隆と盛り上がった硬い筋肉で鎧われていた。

「呆れたもんだ。なんでも修行にしてしまうのだな」

手ぬぐいで濡れた肌をぬぐってから、雄太郎は着物に袖を通した。浴衣より、やはり身体に馴染む。濡れた髪を束ね、無銘の愛刀を一本差しにする。

「雄さん、志水一家とやらは来るかね？」

忠吉は、両手を腰にあてて、背を反らして天を仰ぎ見た。

雄太郎は、友垣が腰に差した長十手に気づいていた。この血の気の余った老人は、とことんまでやるつもりなのだ。

「来る。玄人だからな」

「ああ……玄人はよいな。そう聞くと、いつも落ち着く。素人ってのは、なにしでかすかわからないものな」

雄太郎も同感であった。

玄人とは、巧みに相手のふいを衝くにしろ、手順を踏むからこそ玄人なのだ。なにかしら意図を含まないことはしないということだ。

素人には、その手順がわからない。だから、無駄が多い。ときには、その無駄が玄人を惑わせ、思わぬ被害を強いられることもある。

「忠吉、ずいぶん楽しそうだな。顔が笑っておるぞ」

「そうかい？」

忠吉は、つるりと顔をなで、ゆるんだ口元をたしかめた。

「ああ、そうだな。なにしろ、久方ぶりの大喧嘩だからな」

忠吉の顔は、いつもより蒼ざめていた。怖れているのではない。その眼は強く光っている。肚の奥が煮えたぎり、頭の芯は冷えているのだろう。

喧嘩のときは、昔からそうであった。

孫娘の顔に傷をつけられて、よほど怒っていると見える。道理や分別を好むくせに、いったん沸騰すると、そのへんの破落戸よりも凶暴になるのだ。

「あ、雄さんよ、あの長部という若い浪人はどうする？　朔から聞いたところでは、悪い男ではなさそうだが」

長部隆光が、刺客一味と結託したらしいことは、雄太郎も聞いていた。三人の女を解き放つように説いたことも……。

「まみえれば、斬り結ぶことになる。それが剣客だ」

「ま、そうなんだがなあ」

忠吉は歯切れが悪かった。

「わかったよ、雄さん。さて、まだ刺客は五人ほど残ってる。長屋に踏み込まれる前に柵でも作って防ぐのはどうだえ？」

「忠吉、そんな手間はいらぬ」

「なぜだ？」

「ここは、ただの長屋ではないからな」

「ああ……どうも、そうらしいが……」

長屋については、忠吉にも思いあたるふしがあるようだったが、雄太郎の話をいまいち飲み込めていないようでもあった。

「ここは、まるで砦(とりで)だ」

「そうなのか？」

「よく見るがよい。後背は武家屋敷だ。まわりの板塀にも隙(すき)はない。長屋は高みにあり、木戸から押し入る者を一望できる。木戸も頑丈な造りだ。二十人で攻めたところで、たやすく破れはすまい」

「ほう……なるほどな」

「だが、刺客どもにしても、馬鹿ではあるまい。その程度のことは、ここを見張っているときにでもわかったはずだ」

「なら、どうする？」

「うむ、こういうときこそ、弾七の知恵が――」

雄太郎の声をさえぎるように、

「おおっ、あった！　あったぜ！」

弾七郎の歓声が長屋から弾(はじ)けた。

「そうそう、これだよこれ」

弾七郎のシワ顔は笑み崩れていた。

忠吉の部屋は、竜巻でも暴れ狂ったような惨状である。畳は外され、床板は散乱し、床下の土は鍬で耕されていた。

弾七郎の矮軀は黒土にまみれている。しゃがみ込んだ体勢で、大穴のひとつに両手を突っ込み、よいせと重そうに持ち上げた。

油紙でくるまれた長細いものが出てきた。震える指先で油紙を剥がすと、長さ二尺、幅五寸（約十五センチ）ほどの木箱があらわれる。

うやうやしい手つきで、弾七郎は木箱の蓋を持ち上げた。

黒染めの鉄肌が鈍く光り、金色の真鍮が妖しく輝いていた。

鉄砲であった。

筒尺は九寸五分（約二十九センチ）と短い。玉は三匁（約十一グラム）。いわゆる馬上筒である。丸筒で、大きな用心金などの特徴が、関流砲術で使われる鉄砲であることをあらわしていた。

弾七郎の覚えが正しければ、国友村の名工が鍛えたものである。

同じ穴に、もうひとつ、小箱が油紙にくるまれて埋まっていた。そちらも出して、土を払う。玉薬入れ、鉛を溶かす鋳鍋、溶かした鉛で玉を鋳る玉鋳型、玉と玉薬をおさめる胴乱などであった。

武士の身分は捨てられても、これだけは捨てられなかった。

若き弾七郎は、御先手組に属していた。いざ戦となれば、弓や鉄砲を手に先鋒を務める役目である。とくに鉄砲には強く惹かれていた。弓も嫌いではなかったが、弾七郎の手足には大きすぎる戦道具であった。

非力な小男でも、引き金を絞るだけだ。ずどんっ、と大兵を仕留められる。たった一発だ。熊だろうが猪だろうが、どんとこいであった。

弾七郎は、関流の砲術を習っていた。

関流では、修行のすすみ具合によって、玉や鉄砲が大きくなっていく。五匁までは師を瞠目させる腕前であったが、十匁より玉が大きくなると、弾七郎の小さな手に余るようになった。

ただ撃てればよいのだ。

印可状に興味はなかった。免許を伝授されるには、相応の金がかかる。そんな金があれば、少しでも多く火薬や読本を買いたかった。

打始めとなる四月から打治めになる七月末にかけては、機嫌よく本所の星場へ通い詰めたものだ。

耳を震わす大音。

的の中心に穴が空いたときの快感。

玉薬の燃える香ばしい匂い。

町人になれば、もはや味わうことができないことであった。武士をやめる決意を固めたとき、それだけは最後まで未練として残った。

山で獣を狩る猟師や、畑を荒らす猪などを追い払う農民ならばともかく、江戸の町人に、鉄砲の所持など許されるはずがないのだ。

そこで、若き弾七郎は、一計を案じた。亡き父より受け継いだ鉄砲は、ほとんど幕府に返上したものの、これだけはと執着していた馬上筒を火事で焼失したことにして、こっそり隠匿していたのだ。

だが、関流で使う鉄砲にしては、奇妙なものがついていた。火縄を挟む火挟みがなく、鶏頭と呼ばれる撃鉄に火打ち石が挟まれている。この火打ち石が火花を生じさせ、火薬に火をつけるのだ。

からくりとしては、小平という刺客が持っていた隠し鉄砲よりも新しい。それでも、南蛮では二百年ほど前に発明されたものであった。

南蛮鉄砲のからくりとはいえ、密輸の御禁制品ではない。長崎で正式な手続きを通して江戸へ入り、幕府の武器蔵におさまっていたものだ。

以下の次第がある。

関流の門下生に、ある名家の馬鹿子息がいた。同門に自慢したくて、親の威光で幕府の武器蔵から借り出した南蛮短筒を見せびらかしていたが、なにかのはずみで短筒を堀川に落としてしまった。

翌日、馬鹿子息の失態はたやすく露見した。家臣が総出で堀川の底をさらったというが、ついに南蛮短筒が見つかることはなかった。

それもそのはずである。

弾七郎が、夜のうちに堀川の底まで潜って、拾い上げていたのだ。

馬鹿子息は、その責をとって家を追放され、出来のよい弟があとを継いだ。弾七郎の胸は、とくに痛まなかった。馬鹿子息が継げば、家を潰すことは必至だと、誰もが思っていたことであった。

それに、出来のよい弟とは、読本仲間であったからだ。

武士をやめたときに、弾七郎は南蛮短筒のことも思いだしていた。南蛮のからくりには魅了されていたが、鉄の筒にしろ、台木にしろ、どこか姿が野暮ったくて気に入らなかった。

そこで、火打ち石とからくりだけを外して、なんとか苦心しながらも関流馬上筒に組み込んでみたのである。

鉄砲の隠匿だけでも罪に問われるのに、異国のからくりまでつけた外道の所業が露見すれば、どれほどの大罪となるか……。

短慮と向こう見ずが身上の弾七郎とはいえ、けして表に出せる代物ではなかった。

「……でもよぅ、なあ？」

誰にともなくつぶやく。

「蟬のガキじゃねえんだからよぅ。ずっと土ン中に埋もれたままなんて……こりゃあ、不憫ってもんだぜ？」

弾七郎の口元に、魔が憑いたような笑みが灯った。

三

昼すぎであった。

五人の雲水は、渋谷にある紀伊徳川家の下屋敷を秘かに出立した。

まだ外は明るい。

田畑に囲まれているとはいえ、どこで人目に触れるかもしれない。せめて陽が落ちるまで待ってくれと懇願されたが、構うことはなかった。

こちらにはこちらの目論見があるのだ。

甲州街道は目指さず、田畑のあいだを歩いて道玄坂にむかった。

長閑な陽射しであった。

隆光は、眼を細めて空を見た。

網代笠の破れた隙間から、大きな雲がゆったりと流れている。小高いところに登れば富士の山も拝めるだろう。

（このまま旅に出てしまえば、さぞや気持ちよかろう）

こんなときは、ふとあらぬ思いが頭をよぎる。

もしや、べつの平穏な生き方もあったのではなかったか……と。

しかし、この道を選んでしまったのだ。

深川から逃げ去ると、志水一家と同行して、いったん江戸の朱引から抜けた。殺気立った浪人と雲水では役人の眼にとまるかもしれない。五人とも雲水姿となり、北から西へと遠回りして、渋谷の紀伊徳川家下屋敷を訪ねた。

雲水を偽っても、志水一家の素性は、すぐに知れた。

狡猾な中之介は、老人殺しを頼んだ元番頭の後ろ盾まで調べ尽くし、紀伊徳川家の隠居派と国主派の対立も知っていた。国主派である大物を名指しして、しばらく一家をかくまうように強要したのだ。

窮鳥懐に入れば猟師も殺さず、というが、それほど可愛いものではなかった。人肉の味を覚えた虎が飛び込んできたようなものだ。志水一家が退去するまで、国主派は生きた心地がしなかったであろう。

強い風が吹き抜けていく。

網代笠をふるわせ、鎮守の森がざわざわと揺れる。

志水一家は足をとめた。

むかう先に、小さな社がある。

手槍を構えた五人の武士が、鳥居の前で待ち構えていた。ふり返るまでもなく、後ろにも五人ほどが詰めて退路を断っているはずだ。

この待ち伏せは、わかっていたことであった。

下屋敷には隠居派も多く紛れているのだ。

だから、こちらから、あえて呼び寄せた。

中之介としては、老人どもの前に、邪魔者を始末しておきたかったのだろう。

「手槍であるな。少しは考えたものとみえる」

中之介は愉快そうであった。

遠くから突き込める手槍は有利である。手練れであれば、間合いも自在で、剣士が懐に飛び込んでも素早く応じられる。

双子の剣士が網代笠を捨て、首領を護るように前へ出た。

「左近よ、ちと手狭だな。田圃に入るか？」

「足が汚れる。右近よ、おぬしの足ならかまわんがな」

隆光も網代笠を捨てて刀を抜き放った。

往くも修羅。戻るも羅刹。

べつの道など、いまさら選びようがない。

「隆光よ、後ろの犬どもは、私と暁斎で片づける。これは我ら家族の獲物である」

中之介が、暁斎と残りの紀伊侍へむかっていく。

「承知」

隆光は、おとなしく見物にまわった。

「ぐあっ」

紀伊侍の悲鳴であった。

右近と左近は、たちまち三人ほど血祭りにあげていた。手槍の長さに利があるとしても、熟練した人斬りにとっては隙だらけだ。右利きと左利きの剣士が、同時に襲いかかるかと思えば、一息ずらして緩急自在に攻めるのだ。並の槍遣いでは、その動きについていくことすら難しかろう。

中之介は、異様な滑らかさで長刀を抜き、無造作にひとふりした。それだけで、紀伊侍の首がひとつ飛んだ。

もうひとふり。さらに首が宙に舞った。

暁斎は無手であったが、突き込まれた槍先を右にかわすと、指で敵の眼を突き、喉仏を潰して二人ほどひねった。手槍を落とし、苦痛でうずくまる紀伊侍たちの背中にまわって、丁寧に首の骨まで折っていく。

右近と左近は、すでに五人とも斬り伏せていた。

残ったひとりは、手槍ではなく、刀を構えていた。

「西脇流（にしわきりゅう）――松岡源内（まつおかげんない）、参る」

西脇流とは、柳生新陰流（やぎゅうしんかげりゅう）の紀伊徳川家での呼び名であった。攻めと受けを表裏一体とし、転がる玉のごとく自在に変転させる流派だ。

隆光が見たところ、松岡と名乗った男は、かなりの手練れである。構えは下段。やや左に剣先をむけている。仲間が全滅したというのに動揺はなく、頭から爪先まで、毛ほどの隙もなかった。

中之介が、松岡と相対した。

大上段に構えた。

松岡の眼に怒りが滲んだ。

嘗められた。そう受けとったのかもしれない。二尺六寸の長刀ならば、その重さも手伝って、上段からの勢いで人を縦に割ることもできるかもしれない。が、松岡の切っ先のほうが先に届くはずである。

「きぇえっ」

松岡は、剣気を炸裂させて斬り上げた。

（斬った！）

隆光は、そう思った。

しかし、中之介は、わずかに後ろへ退いていた。

一寸の――その半分の見切りであっただろう。

中之介の長刀は、ゆっくりとふり降ろされていくように見えた。

松岡は、なぜか避けなかった。避けられなかったのだ。頭頂から真っ二つに割られた。血がしぶく。地面が真っ赤に染まった。ぶちまけられた臓物の臭気が、隆光の鼻を不快に刺した。

そのとき、暁斎がつぶやいた。

「……雨がくる」

まさか、と隆光は晴天を見上げた。

中之介は、能面の微笑みでうなずいた。

「ならば、急がねばならん」


寺の鐘が陰々と響いてきた。

夕暮れが迫っている。隆光の気は滅入り、やるせない心持ちに胸が塞いだ。それでも、ここが勝負の地であった。

ぽつり、と雨粒が頬を濡らした。

「本降りとなる前に片づけるべきである」

古町長屋の近くで、中之介はそう宣言した。

「だが、どう攻めるべきか。愚龍が生きておれば、どれほど楽であったか……」

失われた家族への慨嘆である。

あの巨漢が暴れれば、長屋の薄壁など紙も同然であっただろう。どこからでも攻め入ることができたはずだ。

暁斎は、無言で煙管をくゆらしている。

右近と左近が、物見から戻って、それぞれに口を開いた。

「中之介様、まだ木戸は開いておりました」

「役人は見あたらず、自身番や木戸番にも人の気がありません」

中之介は、首をかしげた。

「ふむ、木戸を固めて守りにはいっておるかと思ったが、逆に我らを誘い込もうというのか。賢しらなことである。ならば……正面から斬り込み、じじい三匹に引導を渡すのみであるな」

五人の刺客は網代笠を外し、暁斎を除いて雲水の衣も脱ぎ捨てた。殺戮への気負いもなく、短い坂を登って木戸を通り抜ける。

左右に長屋がある。奥のどん詰まりは武家屋敷の石垣である。物干場があり、厠と塵捨て場があり、井戸の手前に空の大八車が転がっていた。

長屋に人の気配はあるが、猫一匹すら表に出ていなかった。

「ご老人、出てくるがよい。出てこぬのなら――燻すまでよ」

中之介は、懐から竹筒をとり出した。ただの竹筒ではない。火薬と尖った鉄の破片がぎっちりと詰められ、片方の端からは導火線が伸びている。

炸裂弾であった。

中之介が竹筒を差し出すと、暁斎は煙管の火を導火線につけた。

「ほうれ」

火のついた竹筒は、長屋のあいだにある物干場へ落ちていく。

大きな人影が、長屋の蔭から飛び出した。きらり、と刃が光る。藪木雄太郎が導火線だけを斬り落としたのだ。

「……乱暴なことを……」

その姿を見て、隆光は歓喜した。

藪木雄太郎は贅肉を失っていたのだ。

滑稽な肥満体ではなく、佇んでいるだけで隆起した筋肉が放つ剣技を想起できる剛毅無双の精悍な姿をしていた。

隠れている意味がないと悟ったか、他の老人ふたりも姿をあらわした。

「やれ、血腥いやつらがきたな」

忠吉は大いに顔をしかめ、弾七郎は切られて落ちた導火線を踏み消した。

「深川であんだけ派手にやっといて、まだ火薬なんぞ持ってやがったのかよ」

「いや、これで火薬は手仕舞いである」

中之介は、からからと機嫌よく笑った。

「教えてくれぬか。鈴女と綾女は、どうしておるか？」

「生きておる」

雄太郎がそう答えた。

「わしは殺しておくべきだと思っているが、吐くべきことを吐いたからには、遠島で落ち着くことになるだろう。だが、つまるところ、これは殺し合いだ。最後のひとりまで息の根を止めなければ終わらない戦だ」

「……で、あるか。ご厚意に感謝する」

中之介の声には、真摯な響きがあった。

雄太郎は、不審そうに太い眉をひそめる。

「女どもは残らず白状したのだぞ？　身内に裏切られ、怒りはないのか？」

「ふふ、家族に、なんの裏切りがあろうか」

妙な刺客だと思ったのか、忠吉と弾七郎は顔を見合わせた。

「中之介、立ち話もそこまでだ」

隆光は、中之介を押しのけて前へと出た。

頭の芯まで火照っていた。どうしようもなく昂ぶっている。勝つも負けるもない。

これでおしまいなのだ。

郷里での日々が、なぜか脳裏に蘇った。

幽玄なるやまびこの響き。清らかな川のせせらぎ。深い森の奥に埋もれて孤剣をふっていた。あのとき見たものは、なんであったのか。熊か。鹿か。あやかしか。いや、あれは霧だ。なにもない。

ただ、ただ……。

ひとりであった。

隆光にとって、生きるとは、そういうものであった。

そして、これで――おしまいなのだ。

「藪木雄太郎、私はこのときを待っていた。真剣にて勝負を願いたい」

「うむ、かかってくるがよい」

「いざ!」

小雨が降りはじめていた。

隆光は白刃を担いで駆けた。

雄太郎は八双の構えをとる。

忠吉と弾七郎は、素早く後ろへさがった。

「――くせものじゃ！」

壮絶な殺気のほとばしりとともに、ぽこり、と槍先が壁を突き破った。長屋に槍遣いが潜んでいたのだ。

隆光は足を止めるしかなかった。

そのとき、なにかが隆光の頭上をおおった。

瞬時に眼をやり、

（投網か！）

と臍を噛んだときには、すでに遅かった。

罠にかけられた！

長屋の屋根にも人が配されていたのである。落ちてきた投網は、ほどよくひろがりながら隆光を包み込んだ。刀をふりまわして斬り抜けようにも、網を絞られて身動きができなくなった。

「卑怯な！」

思わず罵ったが、老剣客も不審そうに屋根を見上げている。これを好機として、隆光を斬るつもりはないようであった。

不意の展開は、それだけではなかった。

長屋の店子らしき老人たちが、あちこちからぞろぞろと涌いてきた。刺客一味が怖くないのか、どのシワ顔も嬉々として、虫の死骸を見つけた蟻の群れのように隆光を長屋の中へ引き込もうとする。

隆光は戦慄した。

こうなると、手に持った刀も無力であった。ひとりでも老人を傷つければ、囲まれて殴り殺されてしまうかもしれない。

異様な光景に怖れをなしたか、中之介たちも、ただ茫然と立ち尽くしていた。

「藪木殿！　勝負を！　尋常に……！」

悲鳴のような叫びは、頭の後ろを襲った一撃によって途切れた。

四

若い剣客が長屋に飲み込まれると、白けたような静寂が訪れた。

大家の小幡源六が、長部と入れ替わるように顔を覗かせる。

「この若者は、しばらくお預かりしておきます。修羅の道を歩むには、まだ修練が足りぬように見えましてな。——余計なことでしたかな？」

「いや、小幡殿、助勢かたじけなし」

雄太郎は苦笑し、そう礼を述べた。

隆光の刀さばきは、前に雄太郎も見ていた。人を斬っても、さほど汚れているわけではなく、思ったよりも正統な剣であった。

剣先に、乾いた哀しみがあるだけである。

「なに、店子を護るは大家の務め」

小幡源六は引っ込み、丁寧に戸も閉めた。

双子の剣客と雲水は、この茶番劇に戸惑いを隠せないようだったが、刺客一味の首領はあくまでも泰然としていた。

「化け物長屋であるか？」

「ま、そんなとこだ」

そう答えたのは弾七郎であった。

志水中之介は、なぜか慇懃に頭を垂れた。

「だが、重ねて、ご厚意に感謝する」

忠吉が意外な顔をした。

「ほう……いまさら、あの若者を巻き込みたくなかったと?」

「隆光とは、家族の縁をむすびたかった。それだけである」

「なぜ家族にこだわる?」

雄太郎の問いに、中之介は昂然と答えた。

「この世に生れたからである。人は、ひとりでは生きてゆけぬ。ゆえに繋がりを求めなければ、生きる甲斐もないからである」

「どうも、そのへんの考えはまともなんだが……」

忠吉の疑念を、弾七郎がするりと受けた。

「ああ、なんか食い違ったまま生きてきたようだな」

「孤独な男なのだ」

と雄太郎は決めつけた。

中之介は、うっすらと微笑んだ。

「ご老人たちよ、孤独の意味をご存知であったか?」

「ひとりで死ぬことさ」

「誰もがひとりだが」

「まあ、ひとりは寂しいよな」

三匹は口々に答えた。

「さすがである。ご隠居は生の達人である。なるほど。我らは鬼である。鬼の家族である。だが、家族は家族なのである。肥溜め(こえだめ)に等しき世で生くるため、欠くことのできぬ絆(きずな)である」

だから、刺客を集め、一家を成したというのか？

人と人の繋がりというには、あまりにも歪(いびつ)な形であった。

「もうよい」

雄太郎は、かぶりをふった。

「人も鬼も、生きているのだ。苦しいといえば苦しかろう。辛(つら)いといえば辛かろう。だが、世を呪いながら生きるのは楽しいか？　気楽に生きようとすれば、それだけでもこの世は極楽なのだ」

弾七郎と忠吉も、この問答には不毛を察したようだ。

「ああ、わあったよ。そりゃ、虎狼(ころう)が悪なんじゃねえ。虎狼が人とともにあるから悪ンなる。そういうこったろ？」

「つまり、おまえたちは人の世のためには死なねばならぬということだ。鬼として生きるために災いをふりまかねばならぬということであれば、わしらが成敗しなくちゃなるまいさ」

「さすが……さすがは……！」

中之介は感に堪えかねて哄笑した。

「ご老人たちよ、我らの家族とならないか？」

「――断る」

雄太郎の答えが、死闘の合図となった。

後ろに下がっていた忠吉と弾七郎が、ふたりで大八車を押し出した。雄太郎は跳躍し、大八車の後ろに着地して合力する。忠吉と弾七郎は、すかさず荷台へと飛び乗った。雄太郎は、刺客たちにむけて大八車を押し出した。

弾七郎がひねり出した兵法だが、計略というほどのものではない。一味を長屋に迎え入れ、大八車で分断する。運がよければ、轢かれて怪我をする間抜けもひとりくらいはいるかもしれない。

まだ三匹が若いころに、大勢を相手どった大喧嘩で、同じやり口によって敵を混乱させて勝ちを得たことがあったのだ。

雄太郎は叫んだ。

「ふたりとも跳べい！」

「おう！」

「ほいさ！」

忠吉と弾七郎は、どちらへ跳ぶのか？

刺客一味が、どう避けるかによって決めることになっていた。

首領の中之介は右へ避けた。

双子の剣客は左である。

忠吉と弾七郎は――左へ跳んだ。

雄太郎の剛力で勢いをつけた大八車は、雲水へと真っすぐに突進した。にや、と雲水は笑ったようだ。避ける気はないようであった。

どんっ、と大八車は真上に跳ね上がり、逆さまになって落ちた。

忠吉と弾七郎は、双子の剣客と対峙していた。大八車のおかげで、互いに味方と肩を並べる幅はない。そこが狙いであった。

忠吉は、長十手を抜いて先鋒に立った。

後ろの弾七郎は、馬上筒を腰だめに構え、雨除けの油紙から筒先だけを出していた。

それを中之介は目敏く見ていた。

「鉄砲であるか。あいにくの雨で残念なことであるな」

雄太郎は答えず、刀を抜き放った。

すぅ、と大上段に構える。

中之介の眼に凶気が宿り、同じく大上段の構えをとった。得意としている構えなのだろう。ぴたりと決まって隙がなかった。

雄太郎と中之介は、そのまま動かない。

先に動いたのは、忠吉たちのほうであった。

双子の剣士は、二身一体で変幻自在な戦いをするらしい。だからこそ、ひとりずつ相手にすべきであった。

先鋒の剣士は右利きだ。右近と呼ばれる男だろう。

忠吉が持つ二尺の長十手は、真っ向から武士の刀とやりあえる。叩きつければ、折れるのは刀のほうだ。それは右近もわかっているから、忠吉を刺し殺せるようにお突きの構えをとった。

右近が突いた。なかなかに鋭い。忠吉は半身にひいて、長十手を刀身にすり合わせた。上手い。長十手の根本近くには鉤（かぎ）がある。これに刀身を絡めれば、ひねり上げて飛ばすこともできた。

右近は刀を引き戻した。

忠吉は、豪胆にも踏み込んだ。元同心の気組だ。長十手を横にふる。空振りであった。崩れた姿勢を立て直そうとして、小石にでもつまずいたのか、忠吉は思わずつんのめった。

右近は獣の笑みを浮かべた。

「死ねい！」

上段から忠吉を両断しようとした。

「コンの間抜けめ！」

弾七郎が罵り、馬上筒の油紙をむしり落とした。

火縄ではない、と右近は気づいただろうか。目当てで狙いをつけるほどの距離ではない。弾七郎は引き金を絞った。

鶏頭が落ちる。鶏頭に挟まれた火打ち石が当金を打つ。ばちっ、と激しく火花が散る。当金は火蓋と一体であり、鶏頭がぶつかった勢いで火皿が開き、そこへ火花が飛び込んだ。

轟音（ごうおん）。

鉛の玉は、右近の腹を打ち抜いた。

「ぐぁ……！」

右近は眼を剝き、がくりと膝から崩れ落ちた。

弾七郎の顎先に哀しみがよぎったが、その手は平静に鶏頭を引き起こし、懐から火薬入れを出して手際よく火皿へと注いでいる。玉と火薬を筒先へ入れる前に、逆上した左近が飛び出してきた。

「右近を！　よくも！」

弾七郎へと伸びた切っ先を、忠吉の長十手が跳ねあげようとした。

左近も一流の剣士である。悪鬼の形相と化していながらも、長十手を巧みに避け、剣の柄で忠吉の手首を叩き折った。

「うぐっ」

忠吉は、長十手を落としてしまった。

左近は、忠吉の老身を蹴り飛ばそうとした。斬るには近すぎるのだ。しかし、忠吉は折れていない左手で左近の足を払いのけ、残り少ない力をふり絞るようにして左近の背後へと転がり込んだ。

「弾さん！」

「よしきた！」

「なっ……」

弾七郎の手には、中之介が投げた竹筒があった。

火薬が滅法好きな弾七郎としては、拾わずにいられなかったのだろう。雄太郎が斬って短くなった導火線を引っ張り出し、その先に馬上筒の火皿を寄せている。次の玉はいらなかった。火皿の火薬だけで用は足りるのだ。

引き金が絞られた。

火花は火皿の火薬を燃やし、短い導火線に点火した。

弾七郎は、左近に竹筒を放り投げた。

左近の顔が恐怖にひきつった。

竹筒に入る火薬など、たいした量ではない。が、ひとりを殺傷するには充分であった。忠吉は左近の身を盾とし、弾七郎は破片が届かないところまで退避した。

爆発した。

左近は、右近と折り重なるようにして倒れ伏した。

「おう……危なかったな」

忠吉は、折れた右手を左手で支えながらつぶやいた。

まさしく紙一重の勝負であった。

不発の竹筒がなければ、そして弾七郎が機転を利かせなければ、死んでいたのは忠吉と弾七郎のほうであったはずだ。

「なんと無謀な……！」

中之介が嘆き、かぶりをふった。

「年寄は、もっと分別を働かせるべきである」

弾七郎は嗤った。

「へっ、分別だあ？　そこが勘違いってもんだ。いいか？　じじいに分別なんざ求めるもんじゃねえ！」

ざっと雨足が強くなり、すぐにやんでしまった。

うっかりと刺客のひとりを忘れていた。

「首領殿、安心せい。そこのご老人ふたりは、右近と左近へのたむけとして、わしが首の骨を折る」

暁斎という雲水であった。

大八車を高々と跳ね上げたのは、どのような技であったのか、暁斎は怪我ひとつせずに立っていた。捕えた女刺客からは、柔術と拳法の達人だと聞いている。

弾七郎は、シワ面を渋柿のごとくしかめた。

「忠吉っつぁん、どうするよ？」

「わしは、この手では、もうなあ」

「おれは玉がねえ。火薬も尽きた」

「雄さん、そっちはどうだ？」

「うむ、手が放せぬ。すまん」

大上段で対峙し、雄太郎は一歩も踏み出せなかった。いや、半歩でも動けば、すかさず斬られる。そんな絶妙の間合いであった。

刺客一味と有利に戦うため、もっとも手強そうな首領をひとりで釘付けにするつもりが、雄太郎のほうこそ釘付けにされてしまっている。

本末転倒だ。

雄太郎は、中之介の凶気に押され気味であった。老いてなお頑強とはいえ、病み上がりの身体である。気組だけで踏ん張れる自信はなかった。

三匹の隠居は窮地に陥ったのだ。

暁斎は、ぽきり、ぽきん、と指の節を不気味に鳴らしながら、忠吉と弾七郎にむかって歩み寄っていく。

そこへ、

「雲水さん、ちょいとお待ちよ」

艶のある女の声がした。

暁斎は、はっとふり返った。

隠居の三匹も、このときばかりは驚いた。

「小春……」

「小春殿」

「小春ちゃんか！」

忠吉の女房が、そこにいたのだ。

いつきたのか、雄太郎にも気配すら感じさせなかった。

「おまいさんたちが、あいかわらず悪戯小僧のようなことしてるって吉嗣から聞いてね、もう片づいたころかと思ったら……」

小柄な女だ。老婆であった。

しかし、狂雲水を前に、うっすらと微笑んでいるのは、若いとも老いているとも断じ切れない、年齢定かならざる凜とした美貌であった。

この雨の中、どうやって歩いてきたのか、足元に跳ねた泥の汚れはなく、慎ましくも品のよい着物を濡らしてすらいなかった。

助太刀するつもりできたのか、たすきで袖を粋にたくし上げている。

「ばばあですが、ちょいと遊んでみますかえ？」

「女、邪魔だ」

暁斎は、小春の細い肩に鉄鉤のような手をかけようとした。

小春は微笑みを崩さず、その手首を優しく摑んだ。

「むぅ！」

雲水の身体が、半円を描くように舞った。

かつて、江戸中の悪党どもを恐れさせた忠吉の捕縛術は、女房の小春を師にたたき込まれたものなのである。

八代将軍を継いだ徳川吉宗は、紀伊の国にいたころ岡村弥平という者に武芸を学び、将軍になってからも近習に習わせていた。弥平の父は、柔術で名高い関口柔心の高弟に師事していたのである。

吉宗公が創設し、大名や諸役人などを秘かに調べまわる御庭番衆に、その技が伝わっていないはずもなく、女の身ながら小春は腕利き中の腕利きとして、この歳になるまで隠居を許されなかった逸材であった。

しかし、暁斎も達人である。宙で巧みに身をひねると、猫のごとく足から地に着き、老婆の手を逆にとろうとする。

「小春!」

忠吉がたまらず叫んだ。

小春は粋なつむじ風のように旋回した。暁斎の手をねじり上げ、首の後ろを手のひらで押し、雲水の顔を地面へ叩きつける。ごきり、と厭(いや)な音がした。雲水の首が妙な曲がり方をして、そのまま微動だにしなくなった。

一同、寂として声もない。

「えげつねえ……」

ようやく、弾七郎がつぶやいた。

雄太郎も背筋に冷たい汗を感じていた。中之介でさえ、化け物と山中でまみえたように青白い顔をこわばらせている。

好機と気づくのに、雄太郎は数瞬かかった。

小春の正体を知らない中之介は、さらに立ち直りへの時を要した。

わずかだが、命取りとなる差であった。

「うおおお!」

雄太郎は獣のように吠えた。

背丈は、やや雄太郎が高い。刀身は中之介のほうが長かった。腕の長さでも、中之介が勝っていただろう。壮年の勢いに乗って、切先の伸びも端倪すべからざるものであるはずだった。

大上段から刀が交差した。

雄太郎の額から血が飛び散った。

中之介の額も縦に斬られている。

相打ちだ。

互いに薄皮を斬ったのみであったが、雄太郎の気組を正面から浴びて、中之介の肘がやや萎縮していなければ、頭から真っ二つに割られていたのは雄太郎のほうであった。

雄太郎の眼に鬼が宿る。

中之介の眼には死神だ。

雄太郎の剣は、下から中之介の顎を狙った。中之介は半歩退くことで避けた。そこから中之介は踏み込めなかった。雄太郎が先に踏み込んだからだ。鬼が歓喜し、死神はひるんだ。

老剣鬼の熱き血潮に、死神の冷血は無力を悟ったのだ。

無様に転がってでも中之介は間合いをとろうとした。逃げられそうであった。雄太郎は身を低く沈め、中之介のすねを断つように刀をないだ。中之介の刀が、それを受けようとした。

きぃん、と甲高い音が響いた。

死神の長刀が折れ飛んだ。

ひぃっ、と悲鳴を漏らし、中之介は後ろへ逃げた。泥の中を這い泳ぐように、逆さになった大八車の下へ潜り込む。その必死さは、夢中で鬼ごっこしている童のように見えなくもなかった。

雄太郎は容赦しなかった。跳び上がった。刀を頭上にふり上げた。渾身の力で、大八車に叩きつけた。頑丈な木の骨組みは豆腐のようにさくりと斬れ、車輪までを切断してしまった。

大八車は真っ二つに割れ、隠れていた中之介の姿をあらわにした。

泥土に血の色がひろがっていく。

雄太郎の刃先は、中之介の脇腹を深く斬っていたのだ。

「私は……そなたのような、父が、ほしかった……」

「こんなせがれはいらぬ」

「だが……隆光は……そなたの、亡き、妻の、甥……」

「それがどうした？」

「それは、家族……で、あるか？」

「家族だ」

中之介は救われたような笑みを見せた。

そして、事切れた。

「秘剣〈大八車斬り〉──そんなところか」

雄太郎は、刀身の血をふり払い、するりと鞘へおさめた。

「馬鹿だねえ」

小春は呆れ、忠吉と弾七郎はうなずいた。

「ああ、立派なもんさ」

「うむ、立派な馬鹿だな」

小春は、しゃなりとした足どりで忠吉へ歩み寄った。

「さて、おまえさん」

「う……」

　忠吉は、生唾を飲み込んだようだ。

　小春は、落ちていた薪棒を添え木にして忠吉の折れた手首を固定すると、たすきをほどいて手際よく縛りつけた。

　さらに、たもとから長い布もとり出して、忠吉の首に巻きつけた。さらしではなく、洒落た模様の襟巻きである。

「ほら、おまえさんがほしがってた襟巻き、ようやくできましたよ。すぐ春になっていらなくなるからなんて申して、あたしが悪うございました。——だから、もう帰りますよ」

「お、おう……」

　忠吉は、ばつが悪そうな顔をした。

　雄太郎は、そのとき豁然と悟った。

（もしや……！）

　忠吉は、弾七郎の襟巻きをうらやましげに見ていたものだ。恋女房の襟巻きがほしくて、同心屋敷を出たというのか……。

（忠吉め、小春殿に甘えたかっただけなのか！）

　あまりにもくだらない喧嘩の原因であった。

「雄さん、弾さん……すまんが、あとのことは頼んだ」

　古町長屋は夕暮れの紅に染まっていた。

「ところで、小春よ」

「あい」

「朔めに、こっそり技を教えておったのか？　それで、どうするつもりだ？　もしや、隠密衆にでも――」

「しっ、人様に聞かせることではありませんよ」

「う、うむ……」

　忠吉は、女房に手を引かれて長屋をあとにした。

　雄太郎は、小春の後ろ姿を見つめ、痛ましげに眼を細めた。

　へぎしっ、と弾七郎はくしゃみをした。雨で着物が濡れて、いかにも寒そうに矮軀をふるわせている。

「けっ、おれも今夜は酔七に泊まっかな。じじいの話は長いが、夜は短けえ。んで、夢だけが楽しみだからよぅ」

　恋女房と会いたくなったのか、弾七郎もそわそわしていた。

五

隆光は、この世に生れ落ちて、初めての恐怖を味わっていた。

「聞いたぞ聞いたぞ」「やめとけやめとけ」「仇討ちなどくだらんくだらん」「若いおなごと遊んだほうがましじゃ」「精力が有り余っておるのだろう」「尻子玉でも抜いとくか」

自身番の狭い牢へ、入れ替わり立ち替わり老人たちがやってきては、親切顔で忠告し、罵り、嗤い、からかい、脅し、はげまし、なだめ――ありとあらゆる大きなお世話を押しつけてくるのだ。

余生の暇潰しなのだろうか……。

まるで妖怪の住処に放り込まれたような心持ちであった。

隆光は、志水一家と関わりがあった。奉行所に突き出されても文句をつける筋合いではなかったが、この処遇は解せなかった。

公儀の定めた刑罰では腹がおさまらず、あくまでも私刑で懲らしめたいのであれば、それはそれでよかった。寄ってたかって殴り殺せばよい。それくらいのことは覚悟の上であった。

だが、長屋の大家だと名乗った小幡源六は、隆光にこう話した。

「殺しはせぬ。かといって、長屋を襲ったことは真実ゆえ、このまま解き放ちもできぬ。よって、これから一年のあいだ、この長屋で老いた店子たちの下男として働いてもらうことにした。ただし、藪木殿に恨みが残っていては困る。それはなんとか忘れてもらいたい」

藪木雄太郎が話したのか、長屋の者は隆光の身の上を知っていた。

隆光が知らないことまで知っていた。

父の姉が芸者で日銭を稼ぎ、浪人であった父の身を立てようとしていたこと。

父は腕の立つ浪人であったが、女に貢がせては遊びまわる〈ろくでなしの浅次郎(あさじろう)〉と呼ばれていたこと。

父は、大身(たいしん)旗本の娘を籠絡(ろうらく)して念願の仕官が決まったものの、卑しい芸者の姉が邪魔になって斬り殺そうとしたこと……。

父の片腕は、そのとき居合わせた藪木雄太郎に斬り落とされたのだ、と。

隆光は、頑なに信じなかった。

それを信じてしまえば、なんのために人を殺(あや)め、なんのために江戸へやってきたのかを見失ってしまう。鍛冶場で一心に鉄を鍛えていた父の背中が、まだ眼に焼き付いていた。

長屋の老人たちは、復讐だけでも諦めさせようと考えたようだ。

ひとりひとりが交替で語りかけてきた。

どれほど辛い生を送ってきたか、どれほど悲しい思いをしてきたか、ときには熱く、ときには切々と話しかけてきた。それでも人は生きねばならない。不平を並べていては、たちまち死んでしまう。食って、寝て、笑って、泣いて、それを繰り返さなくてはならないのだ。

復讐は不毛で、人の生は短すぎるのだ……と。

隆光は、異様な思いの中で混迷した。

ここまで人に構われたことはなかった。うたた寝すら許されず、そんなことが何日もつづけられた。

苛立ち、怒り、鼻先で笑い、呆れ、うんざりし、剣の修行で鍛えた心胆も、いつしか擦り切れていった。気味が悪かった。老人たちが恐ろしかった。いっそ殺せ、と何度も叫んだ。

このままでは、遠からず気が触れてしまうだろう。

そう観念したときだった。

藪木雄太郎が、ふらりと自身番を訪れ、老人たちから解放してくれたのだ。

「隆光よ、この刀は誰が鍛えたのだ？」

その手には、隆光のために父が鍛えた一刀が握られていた。

「……父だ」

「まことに浅次郎が鍛えたのか？」

隆光は、ただうなずいた。

恐ろしいほどに眠く、頭でものを考えることができなかった。そのくせ心はささくれている。どうでもよかった。殺すならば殺せばよい。

老剣客は、すらりと刀を鞘から抜いた。なんということもないが、驚くほど滑らかな抜き方であった。

（気が変わって、ここで斬るつもりなのか？）

隆光はそう疑った。

それほど老剣客の眼は尋常ではない輝きを放っていたのだ。

「うむ、できておる」

老剣客は、無邪気に破顔した。

「浅次郎の腕を斬り落としたとき、わしは罵倒(ばとう)してやった。剣がなまくらであったからだ。刃を見れば、持ち主の生き方がわかる。まさしく、奴の性根は腐りきっておった。もし復讐したいのであれば、刀を研いで出直すがよい、とな」

隆光は、眼を閉じた。

黙って老剣客の声だけを聞いていた。

「あれから……浅次郎め、おのれを一心に磨ぎ直したのだな」

一大快事である！

そう叫ぶや、雄太郎は刀を一閃(いっせん)させた。

隆光の胆は凍りついたが、斬られたわけではなかった。

がたん、となにかが落ちた。

牢の鍵が両断されたのだ。

刀身を鞘に戻して床に置くと、老剣客は意気揚々と自身番をあとにした。

（逃げるなら逃げよ……ということか……）

隆光は、牢の中でうなだれていた。

ぶるっ、と背筋がふるえた。しばらく止まらなかった。斬られたのは、牢の鍵だけではなかった。胸の奥で凝り固まっていた妄執まで両断されてしまったようだ。気がつくと、顔が濡れていた。おびただしく涙が流れているのだ。

牢から出て、愛刀を手にとった。

父のぬくもりが、そこにはあった。

大家を呼んだ。

長屋の下男になる、と隆光は承知したのだ。

六

雄太郎は、古町長屋の屋根に登っていた。

裏手の武家屋敷では、いよいよ桜が満開となっていた。それを覗き見して、風流気分に浸っているのだ。

風に乗って、ひらり、と花びらが遊びにきた。

「おや、粋なおすそ分けですこと」

お琴は、婀娜(あだ)っぽく眼を細め、雄太郎の猪口(ちょこ)に酌をした。

夜空には月が照っていた。

贅沢なことに、花見と月見をいっしょに楽しんでいるのだ。

「雄さま……ひとつ大事なことを……」

「うむ?」

「じつは、雄さまのお子が、お腹に……」

お琴は恥ずかしそうにうつむいてしまった。

「むぅ!」

雄太郎は、思わず息を詰めた。

寝床で賊に斬りつけられても、これほど動揺はしないであろう。六十を超えた自分が、まだ女を孕ませられるとは思ってもいなかった。なんとなく、もう子はできないだろうと考えていた。

人の世は、まだまだ驚きに満ちている。

そして、生れる命があれば、消えゆく魂もあるのだ。

(小春殿……)

雄太郎は、小春の顔に死相を見ていた。

小春は、忠吉と復縁しても、ともに暮らすことが辛かったのだろう。だからこそ、忠吉を屋敷から追い出したのだろう。いとしい人に、老いて苦しむ姿を見せたくなかったのだろう。

気のせいであればよい。

友垣のためにも、そう心から願った。

雄太郎も一度は惚(ほ)れた女であった。

強く剣呑(けんのん)な女である。賢く凄艶(せいえん)な女である。男の鉄腸を溶かし、狂わせ、破滅させる魔性を持っている。忠吉だからこそ、あの善良で程よい鈍さがあればこそ、ふたりは幸せでいられるのだ。

(わしとお琴は、あのような夫婦になれようか)

強烈な嫉妬がわいた。

いつまで生きられるかわからない。怪我や病さえなければ、雄太郎のほうが先に逝(ゆ)くのは自然の摂理であった。

それでも、だからこそ……。

「あと二十年だ」

「え?」

お琴は小首をかしげた。

「祝言を挙げよう。腹の子が独り立ちするまで、わしは生きる。しかし、そこまでだ。わしが約束できるのは、そこまでだ」

「ま……」

お琴の眼が潤み、幸せそうな笑顔を咲かせた。

「まったく、放っておけば、いつまで生きているつもりやら……」

そんな憎まれ口さえも、うっとりと甘やかであった。

「死ぬ気はせぬがな」

雄太郎は、お琴を抱き寄せ、その口を吸った。

(……釣り竿を作ろう)

そう思い立った。

青竹ではなく、きっちり乾かした竹でこしらえるのだ。死んだのち、見事に生きた、と人に思ってもらえるような、浅次郎が息子のために鍛えた刀のような竹竿を自分も遺したかった。

(うむ、よい釣り竿を……な)

雄太郎は、いまからそれを楽しみにしていた。

本書は時代小説文庫（ハルキ文庫）の書き下ろし作品です。

に 9-3

つわもの長屋 十三人の刺客

著者 新美 健

2017年3月18日第一刷発行

発行者 角川春樹

発行所 株式会社 角川春樹事務所

〒102-0074 東京都千代田区九段南2-1-30 イタリア文化会館

電話 03(3263)5247[編集] 03(3263)5881[営業]

印刷・製本 中央精版印刷株式会社

フォーマット・デザイン&シンボルマーク 芦澤泰偉

ISBN978-4-7584-4076-9 C0193

http://www.kadokawaharuki.co.jp/[営業]

fanmail@kadokawaharuki.co.jp[編集] ご意見・ご感想をお寄せください。

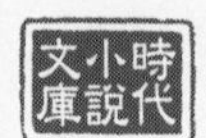
時代小説文庫

時代小説文庫